어쩌자고 제비꽃

시작시인선 0209 어쩌자고 제비꽃

1판 1쇄 펴낸날 2016년 7월 15일
지은이 안영희
펴낸이 이재무
책임편집 김연필
디자인 이영은
펴낸곳 (주)천년의시작
등록번호 제301-2012-033호
등록일자 2006년 1월 10일
주소 (04618) 서울시 중구 동호로27길 30, 413호(묵정동, 대학문화원)
전화 02-723-8668
팩스 02-723-8630
홈페이지 www.poempoem.com
이메일 poemsijak@hanmail.net

ⓒ안영희, 2016, printed in Seoul, Korea

ISBN 978-89-6021-281-7 04810
      978-89-6021-069-1 04810(세트)

값 9,000원

어쩌자고 제비꽃

안영희

천년의 시작

시인의 말

바람에 불리는 알갱이 한 줌
내가 무심히 그들을 불렀을 때
어린 깃발깃발 펼쳐 일어서는 상추밭

세상의 이면은
얼마나 많은 이름 불러줘야 할 통증들로 가득찬
미지인가

너무 많은 것들을 보여주면서
생은 나에게서 추상성을 다 거둬내 갔다

-그가 잠깐 살고 간 후에는, 다시 더 이상 생존하지 않는
수억 년의 세월이 뒤따른다-
쇼펜하우어의 말이 뼈 속을 쳐오는 이 때

그럼에도 이슬을 털며 처녀로 태어나는
모든 불가사의의 아침에 나는
걷는다.
초대받은 한 사람인 양
걷는다. 눈물어린 발견일지를 쓴다.

차례

시인의 말

제1부

너무 늦게야 온다

한밤중 어둠 속에서
후욱 소스라쳐 오는 향기
비몽사몽 화장실 다녀오는데

밝은 녘에도 거기
어쩌면 며칠이고 거기
꼼짝 않고 놓여 있었을 텐데
전혀 맡아본 기억이라곤 없는
울퉁불퉁 못생긴 모과 몇 알

속도와 소음
먹어도 먹어도 닫혀질 줄 모르는
욕망과 허기의 아가리들마저
쓰러져 잠든 후에야

홀로이 일없이 고요먹장 속에서
사무치게 쏘는 저 존재좁

언제나 저리 늦어서야
박수근 죽고 나서 사, 반 고흐 미쳐

13

자살해버린 다음에서 사, 왔지 왔지 일없이
바보 진실은

무성영화처럼

왜 내 마음 깊은 어디가
가만 내출혈하는 게니
이 아침 산책의 길섶 불현듯 스며드는
풀 마르는 내음에

여름을 떨친 들깨 잎사귀들은
더는 푸성귀가 아니다

—불도 아니고 바람도 아닌데
……가을이믄 울어 마음이 아무데서나
유행가 한 소절에도

소꿉친구의 저수지 마을 정자의 둥근 등은
이마마다에 흩어진 잿빛 머리카락들을 집중 조명하고
어쩌다 곁자리인 너는 처음 서 있다가 가던
그때처럼 그냥 암말 없이
고개를 크게 주억거렸다 한 장면 무성영화처럼

그러니까 너도
후욱 저 풀 마르는 냄새를 맡고 있었던 게니
그밤에 내게서

군살 그릇

물레의 페달을 밟았네
꾸들하게 마른 흙기물에 칼날을 대고
두들겨 투명한 소리 얻을 때까지
돌려가며 군살을 깎았네

나무판 그득그득 사발 대접 항아리

햇살 아래
지문 닳은 손가락들 내려다보네
그새 당신도 몸 굽혀
내 몸뚱이에 바짝 귀를 대셨는지
봄여름가을겨울 물레 쉬지 않고 밟아대며
내 뺨 내 허리 내 엉덩이에
칼날 대고 계셨는지
아니 당당당 청량한 울림이 나는
그릇 하나 희망하고 계셨는지

뼈다귀 드러나도록 가벼워졌는데도
때로 이 흙그릇
어금니로 비명 무는 것은

안개사원

무슨 지순한 약속이었다고
꼬글꼬글 펴올린 연두연두
깃발 새순들
자동차의 전조등을 끄고
내 이름표 꽂힌 밭머리에 이르자

배리와 모욕의 사람의 거리
휘어휘어 돌아서오는
날 맞고 있네 한나절 폭우 속에 넣고 간
이모작 씨앗들

서둘러
호미를 들고 들린 뿌리들 감싸려니
내 가슴팍 디뎌오네
흙 속에 묻지 못하고 세상을 건너던
피 엉긴 발들

백로 즈음
이슬이 키워준 상추를 뜯는데
안아도 돌아서도 갈앉을 줄 모르던

사람의 황톳물이
눈물의 순도네

안개가 장엄미사를 집전하고 있네

온전히 익은 것은 신전이다

운길산, 오빈梧儐역 지나
용문 가는 기차의 창밖엔
장엄찬란의 황금 신전들

속속들이 절명빛,
시월의 들판 나락을 익힌 힘이
비단 짱짱했던 햇볕만이랴

피 밴 자리 거푸 거푸 매질 당하며
기도도 사치스러웠던 분노,
울 수조차 없어 늘어져 흐느적이던
저 수렁 속 실어의 허수아비 떼

조응하고 있음이라, 뜨거이 전율하며
마침내 도달함이라
눈물 자국마다 양식을 달고

온전히 익은 것은 신전神殿이다

쑥국

허드레 재료들의 국맛이
어찌 이리 깊숙이 퍼져드나
새벽 수영 마치고 와서 드는
쑥국 한 그릇

유배의 골방, 소금물
어둠 개켜 짓누른 항아리 안에서 세월세월
마침내 제 이름을 놓고 온 콩과
밟고 밟고, 죽었겠지 잊어도 어느새 파르랗게
다시 고개 드는
아무데나 지천인 허접데기 풀
뭉개어 섞은
저 볼품없는 두 것들의 살 맛이
이 아침 찡하게 내 속을 관통하는 것은

슬픔이 발효한 그 오랜 견딤들
서로 품어 여한 없는
합일경인 거니

중앙아시아의 초원에서

행복은
명사 아닌 동사라 쓴 사람 있었지

하늘까지 허락한 푸른, 푸른 신호등
시원을 나부끼는 야생화
그러나 우기인 이 여름도 이쁜 포장일 뿐
완강한 얼음 층 한두 뼘 아래서 버텨
과일나무 한 그루 푸성귀 한 움큼 못 키우는데도
저 땅 고원나라의 사람들은
우리보다 행복할까

목화구름 폭죽 타앙 탕
무공해 하늘 밑 초원 질러가는 바람이면
진동 치는 야생 달리는 말 위에서 나누는 사랑은
극치일까 하늘 아래
콩나물시루의 인구밀도, 텃치텃치 원터치
기계문명에 사지 무력화 당한 우리보다, 세계 10위권의
경제국민보다
달려야만 살 수 있는 살인 추위 반 년半年
달리다 달리다가 혹한 한가운데다가 장작 난로 지피고

신고 온 게르 펼쳐 몸뚱일 던지면, 꼭지 하늘 창에
아하아 색별꽃들 터지면
깨어나지 않아도 여한 없는 원시경일까

가진 것이
신고 달릴 수 있는 그것뿐이라서
생의 속력이 질주인 사람들은 알, 리 라
영원이
어떻게 찰나에 꽃 터지는지

7월 견문록

삼십 분 만에 차가 닿는
송산교 버스 정류장

사람 한 점 안 찍힌 풀초록 지평
하얀 교복차림 지켜보고 있었던 듯
서울 학생인가? 가을 하늘 시선으로 물었지
고모 집에서 방학을 난 열일곱의 아침

바라보다 풀물 들 듯한
그 여름날의 벼논 들녘에
오늘은 나 대신, 모가지도 우아한 흰 왜가리
가다가 멈춰 서서 차마 눈을 감는
색채의 만다라는

백 년 만의 가뭄, 그 다음 페이지인 것
그 옛날 말을 건네던 밀짚모자 아래 농부
그리 부시게 바라보던 눈빛의 이유를 몰랐었네

치렁의 검은 머리 잿빛토록
가뭄의 세상 경작하기 전까지는

쓴맛이 나를 견인한다

  찻숟갈 고봉 고봉 퍼 담은 걸로도 모자라 설탕 좀, 더 좀 갖다 주실래요? 그 허기의 단맛이 내 찻잔에서 배제된 건, 아이들 배웅하고 돌아서며 한 잎씩의 희망 어김없이 저금통에 채워 넣던 흘러내린 긴 생머리 묶음의 엄마가, 아침나절의 찻잔이 아니었으리 (단순한 행복의 유효기한은 단 한철. 달콤한 맛은 보호벽을 가지고 있지 않음) 안경을 끼고 상형문자의 주의사항 더듬더듬 해독하기 시작한, 뒤늦은 어느날이었으리 어린 날 열병으로 삼킨 키니네의 기억 같은 맛이 내게 안착한 건, 붕대에 감겨 깨어나면서 만난 병실 유리창 너머 흑장미 꽃물 번진 새벽하늘, 그 다음 계절 언저리였으리 씀바귀 민들레 고들빼기들을 찾아 봄날의 들짐승이 된 것은 모든 약은 쓰다, 라 한 격언이 아니고 민둥산 급경사로 진구렁으로 삶이 모질게 날 뱉었을 때 나를 견인한 손이 하느님 대신, 나를 태질했던 모든 쓴맛이었음에

다시 쓰네, 쑥대밭

신전 경배하듯
이른 봄부터 매일같이 돌밭 일구어낸 사람
어느 날 허수아비로 허적허적 등 돌려 보내고

들깨 고춧대
쭉정이들만 비틀리는 길섶 언저리
잎새 가장자리 말아오는 가방 든 계절 휘감으며
세상에나! 다시금 열매를 단 호박 덩굴
맺히는 족족 꼭지 썩혀 사산시키고 말던 폭우게릴라며
태풍
우기雨期 지나간 다음

쑥대밭에서 쓰네 피엉긴 무르팍 들어
—마라톤 아니었니? 산다는 일은—

물기 거둔 저 줄기
척추 불구된 희망 널브러진 주검들 타고 넘으며

상형문자를 해독하다

1세기 만의 가뭄이라는
이 여름 누릇누릇 누룽지 무늬진
참외를 자주 깎았네
단맛에 감탄 금치 못하며

내 발목 기브스로 감금한 의사는
겨드랑 밑에 고이라, 쇠다리 한 벌을 준 대신
팔다리 넷을 몽땅 차압 했네

아카시 첫 향기 터지던 날부터
덩굴장미, 밤꽃들마저 미치게 살다 가버리는 동안
바닥을 기고 나동그라지는 둥치
유리창 안에서 짐승의 분노 어쩌다 잦아드는 시간이면
생각났네
가방 한 번 들어준 일이 없는 목발의 옛 친구며
앉은뱅이로 살다 가신 말년의 시어머니

불현듯 줄줄
상형문자, 그 오랜 절벽 문장들이
물기 너머로 읽혔네

대지가 목이 타 비명으로 갈라지는 동안
속속들이 참외를 익힌 그 힘이
날 익히고 있었네

벗은 나무 곁에서

색이 아닌 나무는 멀어져가네
분명 그 자리 그대로 서 있어도
더는 뵈지를 않네

모처럼의 한 송년회에서
어떤 사람이 내게 말했었네
근데 어디 갔었어요? 도무지 뵈질 않데요,
이사도 가지 않고 변함없이 거기 있었지만
결코 지상을 살지 않았던 그 몇몇 해처럼
나 다시 보이지 않고 싶네
우롱하고 수군대며 휘몰려 다니는 거품지대,
잎사귀와 열매로 피 흘린 길을
나무여
나도 그만 거두리
비집어, 비집어 시린 맨발 마침내 아늑해질 때까지
나도 가리 그대 무채가 된 나무,
길 없는 땅 아래로의 잠행

그러안아도 두들겨도 말이 없어
소리치는 내 안의 불을 먹여 사발 접시 항아리⋯⋯로

28

바꾸어 냈던 흙
익어 어느 날 야행 짐승의 푸른 시야에
탄성으로 빛나던 칠흑

그 뿌리 꿈틀대고 있네
마지막 몸을 터는 나무 곁에서

몸이 붉은 나무

나는 짐작도 못했네

단 한 차례도 비틀지 않고
단 1센티도 휘임 없이
죽는 날까지 주우욱 직진이 허락된 생애가 있으리라곤

조율을 잊은 거친 악기군 같은
동물성 새소리들에 잠을 깬
카리갈 국립공원*
남태평양 광활, 광활 대지의 나라
원시림의 유칼립투스는
올려다보기 하아, 눈이 시린 수십 척
새하얀 수직 몸뚱이

돌아다 뵈네
사는 일이 혼신의 굽이침이던
저 옹색한 국토 비탈배기의 조선 소나무들
그것으로 몸뚱어리가 붉은
나도 그 한그루였음

* 호주의 시드니 킬랄라에 있다.

독 없는 시절

녹슬어 앙다문 자물통 앞
내 얼마나 안타까운 기억상실증 환자였는지
오래 죽었던 땅에
우우우 파란 싹들 나올댈 무렵이면

—노랗게 핀 것들은
다아 꽃다지,
저어건 망초 광대나물 별나물
하얗게 핀 건 다 냉이들이잖아.

물길 꺾어 도는 곡수曲水마을에서
어린 시절을 살았다는 친구 잘 간직해온
열쇠를 꽂아주자
우루루루 삐비 찔레의 어린순들 꺾어 먹던 언덕과
뱀딸리에 혼비백산 달아나다
넘어지며 깔깔대던 밭두렁 논두렁길 쏟아지며
어서 와! 어서! 어서어어!

—오월이 되기까지는 뭐나
나물로 먹어도 된대, 아직 독이 없어서

그렇지 무엇이건 무기를 지녀야 한다고
이빨을 갈고 길게 손톱을 길러야 한다고 가르친 건
전장인 삶이었지 벗은 볕살 아래

해마다 봄이면
풀리는 수채화 연두초록물감에 발목 감기며
내 그다지도 애가 타게 찾았던 길은
한 바구니의 푸성귀 식탁 위의 상긋한
한 접시 나물이 아니라,
저 독毒 없는 시절에게로였구나

쉼표를 찾아서

아무리 더듬어도
띄어쓰기라곤 없는 숨 막히는 문장
20층 아파트 할딱대다가
빗속을 질러 나오는 오후 3시

롯데마트 주차장, 대우아파트 담장 철책
해피십자수 가게
빨래줄 축 늘어진 처마들 다하자
달아오른 굴삭기 같은 사내들의
조정 불능의 목소리 함부로 질러오는
〈동막골 재개발사무소〉 가건물

문밖에 일없는 수문장으로 선
은행나무 감나무 고목 녹슨 자물통 앙물린
폐 기와집 기운 대문 밖에서

그러거나 말거나
빗물에 겹친 황홀채도의 꽃잎들
선홍진홍다홍홍 제 선 땅 열렬히 채색한
아무데서나 스스로 겨워 자지러지는 생

키 작은 겹 봉숭화 몇 그루가
울컥울컥 꽃물을 대네
쩍쩍 내 마음 가뭄 든 논바닥에

제2부

입양

어느 모서리 할 것 없이
다치고 패인 흰 속살 자리들
젖은 수건으로 닦아내고 짙게 갠 가루 커피
바르고 또 발라주네

철화시문의 화장토 도자기 받아 앉히고
거실의 한 켠에서 짐짓
고졸한 품격까지 자아내는 어울림이라니

쌓인 폐기물 더미에서
가까스로 발견한
고古가구과의 꼬마 뒤주 하나

거기 뒤엎어 내던져지기까지
그를 알아보지 못했을 한 전생이
싸아하니 읽혀지네

제 몫, 그 한 자리 찾아들기까지
생은 저리 상처지도록 편력해야 하고
얼마나 많은 진품의 삶들이

발견되지 못한 채 폐기되어가고 있는가

번쩍이는 것, 상품들만 뵈는
들뜬 이 시대

주민등록 없음

사흘 동안 아무것도 못 먹었어요! 배가 고파요! 하다 죽어
간 무연고 시체안치소의 그 사내는 나라 안 시, 읍, 면, 동
그 어느 기록부에도 주민등록이 발견되지 않는 사람이었다,
고 쓴 사회면의 신문기사 매일 아침 걸어 오를 때마다 길 위
에 내 널린 말라 비틀린 아카시 뚜껑 열린 꼬투리들을 주워
숲으로 던져 넣는 짓거리를, 오늘 아침엔 반복할 수가 없네
진눈깨비 치고 갔는데도 경사의 미끄럼 방지 틈새에나 겨우,
아니면 여전히 시멘트 포장 등짝에서 노숙하고 있는 굳게 잠
긴 길 위의 가망 없는 부랑을, 출발부터 거부당한 씨앗들을
위하여 한 자루 대빗자루가 있었으면 한 바구니 화살 일시에
쏘아 날리듯, 모조리 좍좍 빗자루 질 해대고 싶네 흙의 속살
따스한 깊이에까지,

과적

열대야 빠져나온 아침
애호박 오이들이나 따볼까,
자동차를 세운 농업 기술 센터 출구를 꺾는데
이슬 달린 청오이 가득 담긴 손수레 마주 오고 있네
오우머 어쩜 오이들이 넘 싱싱해요?
낭랑히 인사를 날렸으나 아낙은 내 곁을 굳게 입을 닫고
주말농장 다섯 평 내 땅머리에 이르기 직전
그때서야 나 가만가만 고개를 주억거리네
흙구덩이에서 갓 건져 올린 듯한 몸뼈
그 많은 가시오이 따 담느라 손가락 찔리고
아마 식사도 못 했을 아낙의 허기와 노동
……애비 행방을 삼킨 전쟁의 뒤란 폭염 속을
등에는 젖먹이 머리엔 복숭아 바구니 비틀비틀 이고 가는
젊은 어머니, 에이즈를 품은 시에라리온 여인의
칠흑 갱 속 같은 눈빛
세상엔 있지, 결코 한 눈에 판독할 수 없는
실낱 미소 한 장도 지어 붙일 수 없는,
생의 과적들이 있지

오독

폭염 열대야,
적체의 조갈증 희롱하듯
서울의 손아귀 떨쳐내자마자
흘러가는 강물
강을 따라 오래된 철길이 휘돌아가네

햇골길 강뜨락 꿈꾸는 사랑 노래
이쁜 이름들 모두 읽어도 듣지 못하네
8월, 넘실대는 저 풍경에서

만삭을 끌고
널름대는 화염의 비탈을 가는
옥수수나무의 헐떡대는 숨소리
사과나무 밑 무성한 풀숲에 떨어진 낙과
으깨진 통증이며 폭풍우 속의
어린 비명들을
물오른 토마토 뽀오얀 뺨에 입은
치명화상은 보지 못하네
아무리 맑게 닦아도 유리창으로는

그러므로 우리는, 안전선 안에 앉은 자들은
오독하네
아름다워! 아름다워! 아름다워! 라고
쉬이도 행복한
마리 앙뜨와네트가 되네

무정 풍경

가도 좋습니다, 때맞춘 호명에
탱! 튀어 오르는 한 알 공

뚜껑 차고 넘어지며 쏟아지는 오물병,
노파의 곁자리 겉옷도 안 꿴 채 튕겨 나오려는데
"안녕히 가세요 아주머니!"
사내의 목소리가 덜미를 치네
차암 내 짝이었었지
관棺처럼 미끄러드는 CT촬영기 아래
누워들기, 엎어들기도
처음 만난 여자의 시멘트 하수관 같은 다리통
스스럼없이 주무르며
"6개월뿐이래요"
자기소개한 사내 별스레 건네는 상냥한 인사에도
내처 걸음을 놓았네 다만 분리되기 위하여
급급했네 나는
정점을 치고 있는 낙조, 그 위태로운 마을로부터

사내에게서 시시각각 멀어져가고 있는
야멸찬 생

또 한 장의 뒷모습, 무정 풍경이었네

내 옷이 내게 맞지 않다

차분하고 우아해 뵈는 쥐색 투피스 안심하고 꺼내 입었는데 오랫동안 즐겨 입었던 그 옷이 도무지 내게 맞지를 않네 웬일이야 웬 일이야, 이리 당기고 저리 여며봐도 믿어 의심치 않았던 옷이 어이없게도 내 몸을 겉돌며 날 배반하고 있네

허리둘레며 몸무게 뭐 그닥 변화를 겪는 체질도 아닌데 저 거울 지금 무슨 말을 하고 있는 거야?

결혼식에 전시회에 입기 좋았던 변함없이 장롱 속 지켜온 오래된 정장 내 곁자리 변함없이 그대로인 사람 입어도 여며도 왜 어깨며 가슴자리가 마냥 헐벗은 듯 추운지

"바로 너! 네가 아니야! 예전의 그 여자가 아니라니까!" 칼날 내리치듯 판정하고 있네 나를 비추며 나를 투시하며 저 거울

겨울꽃

손가락 끝에서 목뼈까지
벌침받이 되었다가 나온 회기역 플랫폼

늦은 시월 햇살거울 화들짝
들어 올려주었지요
내 손등의 죽음 버섯 한 송이
아아 당신, 내 인생에선 계획일랑
다 마감쳤다는 말이지?
순간 내 목울대를 쳤습니다
철로에 엎드린 백 년의 무망, 절은 침목들이

다 잘라 쓰고 버린 무 밑끄렁 집어 들어
주방의 창틀에다 심었습니다 유리컵에 물을 채워
북향 한 장의 창유리 안에서 물을 갈아줄 때면
보았습니다
피어린 무르팍으로 일어서는,
한겨울 짧게 머물다 가는 햇빛의 간이역에서도
초록샛초록 깃발들 터트리며
열렬하게 밀어 오르는 생의 꽃대

몰랐습니다
유리창 녹이는 듯 뒷모습인 간신한 햇빛으로도
그렁그렁 한 겨울이 길어 올려지는 후생일 줄
뭉툭 베인, 참혹의 그 환부가 일어설 때마다
도톰도톰 꽃의 거름밭일 줄은

덩굴식물 너

네 한몫 들어 네가 산다는데
뭐라 상관할 바 아니란 거 알지만
가는 길목에서 누군가 죄 없는
목숨이 목 졸린다는 거
굳은 땅 자갈밭 후비던 맨발
염천에도 혹한에도 비킬 수 없었던 견딤
정당한 생존법 느린 속도를 비웃는다는 거
발도 젖지 않고 먼저 가서
남의 햇빛 양분을 날름 먹어치운다는 거
천지에 꽃 터지고
밀어 나온 잎사귀들 탄성의 신세계 만끽하는데
저 어린 버드나무 한 그루 영문도 모른 채
칭칭 결박당한 몸 버둥질치다가
시꺼멓게 죽어 있다는 거
뜨거운 눈물이 넘친다는 거다, 이 땅 위에

세상의 식탁

세밑의 길목
창유리 따뜻한 보호벽 안에서
봄동을 씻습니다
뻣센 잎들 연신 뜯어버리며
왜 소화제를 먹어야 할 위장처럼
주방 개수대 앞에 선 마음이 영 편치를 않습니다
지표가 온통 포복하고 숨죽인 이 계절
남행열차 지나는 어느 언덕배기
구원처럼, 반역처럼 새파랗게 눈을 적셔오던 겨울 초록
엄동의 채찍과 해가 지면 덮쳐오는 결빙의 위협
이기고 온 존경스러운 목숨의 겉살들을
나는 연신 찢어내 쓰레기통에 던지고 있습니다
전쟁의 폐허에서 홀로 자식들 먹이고 지켜낸 이력으로
더께 진 저승버섯 틈새에서도 오직
드세게 남은 눈빛 보고 나오며, 어머니
그만 돌아가시지! 가족의 겉잎사귀 따내기를
서슴치 않았지요 우린
아 어쩌겠습니까 세상의 식탁이 원하는 건
항상 보드랍고 어여쁜 속잎인 것을
어머니!

민들레 傳 1

누가 너에게
싸움을 가르쳐주었니

진종일 질러대는 쇳소리며 공해
별것 아니야
유독 콘크리트 담벼락과 보도블록 틈새에서
새파랗게 너울치며
롯데마트, 광명교회에 치받쳐 시들시들
자꾸만 먼 데를 더듬는 내게
당돌하게 이르고 있는 거니

모르니?
삶은 견딤이 아니고 싸움인 거

민들레 傳 2

한낮 채소장사
삼륜트럭 아래 무참하게 내벌려진
흙투성이 키보다 몇 배 괴기스레 발달한
발가락들

집집 주방마다에 따스히 램프가 들 때
내리는 어둠 속에서 굵고 굵어들었었니
목 파묻은 짐승이 되어
울타리 밖 네 운명의 자리

짓밟힌 생채기, 물었던 신음 빗장을 차면
울음보다 열렬한 노여움이
막무가내막무가내
발가락마다 쇠스랑 날로 피어

미아로의 개

　가다 서다를 반복하는 6차선 도로 빼곡 찬 자동차들의 사이에 끼어 개 한 마리 걸어간다 두리번대며 돌아다보며 언제까지, 어서 달리고 싶어 안달이 난 저 차들은 곧 엑셀러레이터를 밟아야 할 저 차들은, 몇 분 동안이나 더 길 위의 삶을 개에게 허락할까 사람 아닌 것들 모조리 묶고 가두어서 등짝도 반들대는 우리의 깨끗한 거리에서 왜 하필 지금 生生쳐 오는 거지? 무럭무럭 김이 피어오르던 복개 안 된 하천 검은 소의 등 위에 꾸역꾸역 피어 나풀대던 하얀 새 떼들 염소는 선 채로, 그 조금 위쪽에는 퍼질러 앉은 사람의 어미 젖을 먹이던 야생 풀꽃 만발한 둔덕, 거무스레한 게 비슷해 뵈던 두 젖통이?

　넘 깨끗한 것에서는 죄의 냄새가 난다

비루한 통증

아직 깨어나지 않은 단지의 뒤란
길게 기일게 헤매는 고양이 울음소리

주차된 자동차 밑 들락거리며 오글오글 놀던
털 뭉치들, 그 아기고양이들 보이지 않고
웬일인지 지하실 창문은 죄다 닫혀 있었네

흙을 짚고 기어들어
애써 창문 한 짝 젖혀두었으나 다음 날도
그 다음 날도……
집으로 드는 엘리베이터에서 읽었네
'고양이들의 개체수 조절에 들었다'는 벽보

저 혼자 살아남아
식음을 잊은 듯 울음소리 처연히 끌며 다니던
그 노숙자,
빗속에서 음식물 쓰레기를 헤집는 그와
딱 눈이 마주쳤네
쓰레기를 버리러 나간 오늘 새벽

그래, 그으래 그렇게 비루한 것이야,
생은
마주친 그대로 쉽게 돌리지 못한 우리의 시선은
그것을 수긍하는 통증 때문이었을 것이네

종로 3가 역

환승을 위하여
되돌아서 안내표지판 다시 확인하며
줄을 선 지하철 종로 3가 역
에스컬레이터가 날 부려놓은 지하 2층 동굴 입구
빽빽이 밀리는 누우 떼 비집고
헤매고 있네 한 줄기 눈이 먼 향기
1호선, 3호선, 5호선 쉴 새 없이 도착해도
입마다 꾸역꾸역 사람들을 토해내도
부딪고 겹쳐지고 살을 스쳐도,
보면서도 보지 않는 TV처럼 아무도 만나지지 않는데
탱탱히 불을 켜고 유혹하는 배란기의 젖꼭지 같은 자판기,
오염과 분진의 통로 벽에 붙어 껍질을 깎이는
한 움큼의 산 더덕이 뭐하자고
바쁜 날 자꾸만 쫓아오고 있나
자르르 흐르는 윤기의 머리카락
코팅된 줄도 모르고 잘 보여도 투과 불가,
닿을라 치면 흘러버리는
투명 막에 든 인간인 줄도 모르고

타클라마칸, 아버지

너의 아버지 집에 있지? 있지?
총을 멘 아저씨들의 방문은 매일의 일과였다
명치정 33번지 일본식 목조집 현관 앞 다섯 살
내가 노는 모과나무 그늘처럼
이층의 아버지는 그림자였다 그때부터
초등학교 땐 고모부,
중고등학교 땐 어머니 이름의 보호자 란
판단의 오류를 범했다면서도 장 폴 싸르트르에겐
한 시절의 사상의 편력이라 당당히 기록된 사회주의는
고삐 풀린 해방의 공간 젊은 아버지에겐 왜
유형의 타클라마칸®이었을까
중고품 자노메 재봉틀 한 대와 이불 보퉁이…… 얼기설
기 엮인
삼륜트럭에 실린 어머니의 이삿짐처럼
우리들도 전쟁의 뒷세상 치는 눈비 가릴 것 없었지만
우리도 붉게 뿌리 들려 있었지만
겨우 서른 살 언저리의 뜨건 피 어디쯤서 제행무상, 무상
무한청공 우러러 회한의 깊은 눈을 떴을지라도
끝끝내 타클라마칸을 못 건넌 아버지
대신

화폐개혁 이전의 지폐 한 뭉치 도착했다
내 나이 스물한 살 적

● 위구르 어로 '돌아 나오지 못한다'는 뜻의, 거의 물이 없는 중국 신
  강 위구르 주에 있는 사막.

함박눈 거리에서, 光州에게

뭉텅뭉텅 쏟아지는 함박눈 사이
숨바꼭질하는 성탄 트리의 새끼별꽃들
뒤쪽 묵은 어둠에다 무겁게 머리 묻은
낡은 목조 집 한 채

8차선 건너
불빛 없는 저 집이 왜 낯이 익지?
현관 밖 아름찬 모과나무 한 그루의 일본식 이층집 아이, 혹은
책가방을 든 하얀 목깃의 소녀가 목격했던가?
방금 착지해 차를 기다리며 선 거리 두리번대다가
고갤 주억거리네 수도 없이 되 보여준
티비화면!
연기 속에 피 묻은 신발짝들들 뒹굴던 금남로구나!

아아득히 치어穉魚를 차내며 내가 두고 떠난
흑백사진첩

여행객 되어 문네 펑펑 쏟는 눈발 사이로
광주여 편안하신지요? 지금은

몰매 맞았던 역사의 진자리, 그대 치유되었나요?

하행의 차창 밖에서 그리도 자주 슬픔의 현絃을 치던

저 여름날의 붉디붉은 배롱나무꽃색, 전라도의 치명황토
색에도

이제는 울지 않고 내가 지나가듯이

걸음마다 마다 끌리던 울혈들 없이 지나고 있나요?

그대도, 그대도

무진장무진장장 함박눈 쏟아지고 있네

제3부

찔레

누가
지등紙燈을 걸고 있니
불 꺼진 기인 회랑에
누가 질주하다 넘어져 운
불과 바람의 사계
돌아봐, 돌아봐 하는 거니
부재인 듯 종일토록 머릴 박은
노동의 손을 씻으며
시나브로 지워지고 있는 이 저녁답
사람아, 나도 저 흰 꽃이고 싶다
가만한 향내 허기 지운 저 눈빛으로
문득 읽히고 싶구나
지친 귀로의 그대에게

사과꽃데이지패랭이

아침을 준비하는 주방의 창 아래
운전대에 올라앉아 두 손을 모으고
기도에 빠진 한 사내

안개 채 걷히지 않은 출발선 앞
머리카락 희끗한 지극한 옆모습이라니

이사 들어
잊고 산 헝겊보따리 풀어보다가
그만 망연한 적이 있네
한 가족 품어 산 내 젊은 날의 편린들 앞에
계절 따라 바탕색은 달랐지만
어쩜 한결같이 사과꽃데이지패랭이 작은 꽃잎들이었네
식탁보, 피아노 덮개, 앞치마…… 만들고 남은
색 고운 조각 천들은
그때 내가 꿈꾸었던 저 여린 꽃잎들 같은
행복은, 꿈들은 어느 바람결에 흩날려 갔는지

단순한 것이 행복하다,
싱크대에 손 담근 주방의 창 아래서

기도에 든 한 사내가 이 아침 울리네
내 마음의 풍금 깊은 음자리 하나

연대 미상하는 밤

핸들 꺾어든 용문산 길엔
금세 마구 퍼다 부은 듯 정색의 어둠

가로등 한 점 눈 안 뜬 일차선 도로
가까스로 비춰가는 내 전조등 빛 질러 불쑥
다리 긴 짐승 한 마리 길을 건넜다

영원불멸성인 듯 한 북새통
한 걸음으로 쓸어 덮고도 농묵濃墨을 쳐대며
사방무한 어둠이 점령하면
동구 밖 미루나문 양 우두커니
그 속에 서 있곤 한다 너 가고 나서

박물관의 싯누런 화선지 그림처럼
홀연히 연대年代 미상未詳하는 이 파르스름한 밤
길을 건너는 것이 어디 산짐승 한 마리뿐이랴,
지워지는 경계선이 산과 마을의 사잇길뿐이랴

신령어둠 저 어디, 어디에
약속을 두고 간 몸 없는 사람도

길을 건너고 있는지 오. 고. 있. 는. 지

모닥불

아무도
혼자서는 불탈 수 없네
기둥이었거나 서까래
지친 몸 받아 달래준 의자
비바람 속에 유기되고 발길에 채이다 온
못자국 투성이, 헌 몸일지라도
주검이 뚜껑 내리친 결빙의 등판에서도
불탈 수 있네
바닥을 다 바쳐 춤출 수 있네
목 아래 감금된 생애의 짐승 울음도
너울너울
서로 포개고 안으면

배롱나무꽃

누군가 붉게 울고 간 여름이 있다,
하네
8월의 배롱나무 언저리엔

그 집 앞

아버지의 장례를 치른 뒤
30년 만에 귀국한 동생과 나를 태운 차는
진입하고 있었네
무채색 남도의 들녘 한 호숫가로

한낮의 겨울 햇살은
끌로드 모네의 인상파 그림인 양
청렬하게 반짝대는 호수와
주인의 검은색 차 한 대도 앞마당에 담긴
언덕 위 낯익은 녹색 집 한 채를
불현듯 조명하고 있었네

가슴 밑 재빨리 긋고 가는 사금파리 한 조각
山에는 네 입술빛 꽃잎 트던 진달래, 진달래
그 이른 봄날의 석양
바람이 흩는 내 생머릿단 위, 얇은 내 어깨 위로
돌연 격렬하게 쏟아 내리던 폭포

너의 열창에
나보다 먼저 물결치던 호수의 둑 아래

우리 열일곱의 靑보리밭은
흉흉한 주검 빛 묵정밭이었네 나를
울, 리고 있었네

내 청춘 지나듯이
—후암동 야시장

후암동 종점
산비탈을 감는 동네의 층계는
뒤트는 지점쯤 간신히 갸르릉대는 외등 한 점뿐
어둠의 긴 통치영역이었는데요
불현듯 피어 있었어요
화안이 불 밝힌 한마당 야시장이 남산 중턱에
떨이! 떠어리이요! 외치는 노점에서
무더기의 생선을, 과일봉지를 받아 안으며
있었어요, 카바이드 불빛아래 때깔 자랑하는 늦가을의 홍
옥처럼
배고픔도 잊은 채 문득 홍조가 드는
스무 살 즈음이 있었어요
옷깃 여미며 여미며 견디던 하루의 한기가
어느 결엔지 훈훈히 풀리던, 그 아무것도 아닌 것의
무심한 위로
기다리는 건 처마 밑에 쌓아둔 서너 줄 연탄,
중고품 앉은뱅이책상 하나뿐인 불 꺼진 방 한 칸
오늘 저녁은 옷이 얇은 어느 외국인 노동자가
종점에서 버스를 내려 한사코 어둠이 뭉개는 생의 비탈
기나긴 층계를 올라가고 있을까

후암동 늦은 야시장에서 얇은 지갑을 열며
춥던 마음자리 문득 난방이 들고 있을까
이마를 마주 댄 낮은 지붕 아래 해방촌의 긴 골목
저녁 숟가락들 부딪는 소리 들으며
내 청춘 지나듯이,
이 저녁은 가난한 누가 지나가고 있을까

철새

새벽 산길을 가네
덜 떨친 잠과
더께 진 미혹의 유리창
내 영혼
햇 푸성귀 잎사귀 양 헹궈 올리며
샘물 찰박대던 새소리들
들리지 않네
나무들 울울창창하던 때
새들의 시간, 하고 내가 이름 불렀던
바로 그 시간대인데
없네
지금 저 숲에는 그 이쁜 새들의
기척이라곤 없네
아 단 한 번도 예상하지 못했네
그대 떠나가버린 빈 숲
우리가 그 누구의 생애에도
지, 나 가 는
철새임을 알지 못했네

보길도 엽서

지붕 위 만삭의 호박덩이들
졸며 지키는 빈 집

열망이었을까 기다림이었을까
못내 발효해 몇몇 점
단아의 등燈,
는개 속 저 붉은 감알들은

날 다 저물도록
인적 없는 들녘이 키우는 흑염소들의
섬이 되고 싶다 나도
비상과 추락, 영광과 모욕
어질머리 깊었던 옛 선비 품어 안았을
저 낮은 것들의 평화 목 메어

나도 보길도이고 싶다
한 생의 집 벗어 걸고 사라진
매미의 후생

들물울음 떼의 저녁

끝없는 노래처럼
무궁무궁 달려와 우리 지고 온 무게에
부서지고, 부서지는 대서양의 파도

창창 햇살 하얀 벽에다가
선홍 물감 펑펑 덩굴 꽃 벽화를 치는
부겐베리아

국경을 넘던 그날 아침
내 옆 좌석의 완강한 바위 한 채
쟈카란타 가로수 사이로 남국의 하루 해
애잔한 파두*로 얼굴 비빌 때
붉은 포도주잔을 들면서 우화하듯 화들짝
껍질을 떨치던 사람아

하늘 물결치는 억만 필 놀,
들물울음 떼의 이 저녁은
어디서 꺽꺽 목이 쉬어 있느냐

어디서 어디서 마중물을 붓느냐

* 운명, 혹은 숙명을 뜻하는 라틴어 Fatum에서 유래된 말로 향수며
  동경, 슬픔과 외로움 등의 정서가 담긴 포르투칼의 민속음악.

그리고 가을입니다

신호대기에서
문득 올려다본 하늘색
아아 파아랗습니다

오이지 짓눌렀던 그 오래인 맷돌짝
무릎 아래
저리 순하게 흩어놓다니요

흔들어, 흐은들어 머리 얼마나 헹구었었는지
잔잔히 추억 쪽으로 흘러가네요
하이얀 새털구름 떼

웬일인지 나 목이 메여옵니다

사월 엑소더스

문득 저 창에 흐드러졌던
그 환한 꽃가지들은
정말 환幻이었습니까
지나치고도 자꾸만 눈 밟히던
구름구름드레스의 무도회 간 데 없고
오늘은 앳된 새 주인 알몸잎사귀들
물방울방울방울 한창 목욕 중이시네요
그 애기능금나무 아래
주워올까 말까, 잠시 망설였던
이삿짐이 놓고 간 등가구 삼단 장식장이
색 잃고 이음매 풀려 벌써
줄 세워져 있습니다 비 그친 이 아침
폐기물 수거차 정류장에
하느님도 어쩌지 못하는 신들린 속력
부르르 몸을 털며 배낭을 꾸립니다
발길질로 떨쳐내고 있습니다
등가구와 함께 탄 적멸선寂滅線

햇살포장길 따라서 가면

나 무엇을 만날 수 있을까
저 길을 따라서 가면
태백선 열차의 창유리 밖
기립갈채로 떠나가는 가을
날리는 상수리, 떡갈나무들의
만 장 낙엽
지붕 위엔 붉은 고추, 호박고지
시래기도 가득 추녀 밑에 매단
외딴 집 한 채와
지금 안식을 준비하는 과수원을 지나
늦은 가을 산모퉁이를 지나 사라지는
저 가느다란 한 줄기,
햇살포장길 따라서 가면
가 닿을 수 있을까, 있을까
그 시절 그 사람에게

맺힘, 살구나무

화가 쓰러져 누운 둥치라는데
어쩌자고 참방 두 눈에 물들어오는
청람靑藍색 봄
박노수 전展 마지막 관람객으로 나서다가

미술관 높다란 층계 위에서
갑자기 덴 듯 뜨거워지는 목울대
수묵을 푸는 석조전 아래 뜨락
출산일 내일인지 모레인지 밴 꽃망울들 무거워
가지들 추욱 축 늘어진 한 그루

아는가, 맺힘이 활짝 핀 꽃 색보다 더 진하다는 것

고궁의 낡은 창틀을 쪼던 강의실을 나와
두 팔을 늘어뜨리고 선 적이 있네 이 자리
햇빛 몰래 망울 터질 듯한 망울, 망울이다가
시린 손 싸 여민 스웨터 밑에서 모올래 눈 쓸어준
살구나무였던 적 있네
맺힘, 저 저린 통점 진자홍

안부

굶주린 모기 떼 초병들로 풀어놓고
완강히 지켜내던 입산 금지
오늘 아침 믿을 수 없어라
제 몸 모조리 허락하고 있는 야산 숲
풀 마르는 향내 들숨에 가만히 묻어오고
투욱, 돌아서는 뒷덜미 내리치는
한 알 열매 듣는 소리!
폭염 태풍 칼날 휘번득대던 뇌성번개도
그냥 왔다 가는 게 아니라 하네
석 달 열흘 장장 붉던 백일홍 꽃 잔치
올올이 전율하는 자귀나무 합환 꽃 목 메어도
굳이 울타리 묶어 보내고 견딘
그대 울울한 숲도 부푼 몸피를 덜고 있는가
천지간 쓸쓸히 게이는 이 여름의 끝
그대 몸에서도 그윽한 풀내가,
격한 몸부림과 큰비 치른 해넘이의 하늘
보랏빛황금빛 소멸영원 밀물치는
그리움인가

제4부

목 안의 노래

퇴촌 노인정 정자에 앉아
혼자 시골 버스를 기다리는데

알싸하게 맡아지는 익어가는 냄새
늦은 가을 이승의 하루 뜸 들고 있는 냄새

저 냄새의 정처를 찾아
지금 흩어졌던 이들은 돌아오고 있는데

옮겨 탄 서울행 기차의 창유리 밖에는
치명색으로 피었어라
우리가 붙잡지 못한 천국이

문라이트 샹그릴라 밤배밤배
날 희롱하고 있어라 꽃등燈을 흔들며
널 식사해버린 저 블랙홀

상비약을 복용하는 시간

〈솔밭가든〉
정원의 의자들은 아직 엎어져 있네

성업의 휴가철 식탁
불콰한 저녁안주가 되었는지
들리지 않네 숯불구이 바비큐식당 옆마당
새벽마다 혼자 깨어 목청 뽑아 올리던
충직의 닭 울음소리

개발제한구역 언저리
미처 잡혀먹히지 않은 것들에게로 가네
아파트의 담을 벗으면서
바다 속 미끄러든 듯 지느러미 나울대며

자투리 과수원 아래 호미질하는 아낙
이슬방울 구르는 토마토 터질 듯한 뺨
빗장째 뽑히지 않은 묵은 먹기와 집 앞
색색 흐드러진 백일홍봉숭아과꽃과꽃

이윽고 창궐할 도시짐승들

피의 입질에도 살아남기 위하여 아무도 말뚝 박지 않은
이 아슬한 40분의 막간
내 하루치의 야생 상비약을 복용하네

거리

눈부셨던
어느 아득한 생의 한 때인 양
만발한 배꽃 과수원 구릉들 넘어
달리고 있었지 양수리 강변
순은등빛살 무구의 갈채로 부서지는
아침 강江을 따라 간간이 집들이 얹힌
건너 편 풍경화에 우리는 일제히 탄성을 올렸지
용문산 아랫마을 돌아 나오는 오후나절
발을 적실 듯 강 허리 밀고 내려가
우리는 물가에서 한 잔의 차를 기다리고 있었지
오머! 물색이 왜 이리 탁하고 칙칙한 거야?
잠기고 떠가는 버들 잎새 수초 허섭스레기들
바로 거긴데요? 아까 올 때 멋져보였던,
운전대를 잡았던 안내자가 말했지
그래 그렇게 바싹 쳐들어가는 게,
젖은 내장 다 보이도록 들여다보는 것이
아니었지
강江 하나쯤의 거리, 저어 컨이었었지
아름다운 그대, 아름다운 인생은

도방일기
—봄

퍼질러 앉은 흙바닥
머리카락 흩어내린 몰입 건들이며

눈썹 위, 재벌준비작업의 그릇 안으로
화르락화르락 흩어내리는 면사포 환幻,
꽃잎의 군무
들물 치는 상춘 행렬 내내 굳건히 질러온
내 마음 주르르 모래성이네

벌써 축제를 끝내고 춤사위로 지나가는 저 생

그냥 가지 않고
뭐하자고 쏟아들어 들여다보며 간섭하나
이 낮은 흙범벅 자리
……끼니를 잊고 좋은 세월 잊어 보낸
넌 누구의, 누구의 초벌구이니?

임종

부르르
큰 숨을 내뱉으며 그가 죽었다
가슴자리 체온 어쩐지 약해지는 듯도 했건만
뭐 설마, 바빠서 잊고 버려둔 사이
머리의 위쪽 아래쪽 차례차례
갑자기 치솟다가 타악!
방치된 채 신음했던 분노의 불칼인 듯
거칠게 떨어지는 숨소리
돌이킬 수 없는 사태 감지하고서야
나는 달려갔다 내장품들을 긁어내기 위하여
머리를 처박았다
이윽고 휑하게 빈껍데기 확인하고선
서둘러 전화를 걸었다 폐품 처리상에
우리와 함께, 오직 우리를 위해 살았던 스물다섯 살
금성 싱싱 냉장고
애비 증발한 시대의 비탈기 피 배이게 딛고
네 자식 키워낸
세상의 저 한 칸, 어머니 죽을 때
어머니 임종 다음에도 그랬다

92

어쩌자고 제비꽃

비바람 치는
함덕 바닷가 덮쳐오는 시퍼런 파도에
잇대어 있었네
현무암 낮은 돌담으로 방풍을 친
무덤들 틈새에 있었네
내 곱은 손에 뜨거운 카푸치노 한 잔을 건네준
까페 올레는
사람이 그리운 어린 딸과 흰 털 강아지
레이스 앞치마의 아낙
머리채 나꿔채고 옷깃 파 헤집는
광란의 바람 속 간신히 균형을 유지하며
죽은 자들의 마을 고샅 겨우겨우
차를 돌려 나왔네
어느 날 길길이 뒤집힌 저 바다가 난파시킨
애처롭고 위태했던 생애들은, 사지 접힌
저 사람들은 누구누구들이었나
늦은 겨울 비바람 포효하는 함덕 바닷가
검은 유택들 비집고
어쩌자고 제비꽃 저 한 포기

묵은 김치를 먹으며

"아니 그게 배추라고
 여기까지 와서 뽑아간다요!"
지나던 농부 일갈한
묵은 김치를 시월 초순에 먹습니다
폭염과 독한 가뭄 비틀비틀 통과해온 그것들은
쌈박한 맛은 잠시
익기만 할라치면 흐늘대며 늘어지는
상품김치들 사이에서
저력의 싱싱함과 깊은 맛으로
우리를 감동시킵니다, 아버지

소금도 젓갈도 쉽사리는 길들이지 못한
저 한 접시 배추의 기갈과
홀로 깊어진 김치 맛을 보라하십니까

한 그릇의 밥, 한 개 우산 대신
빗살연속문양이나 열심히 음각해준
부재의 울 아버지
비바람 담금질과 저리 좋은 햇살의 치유
자연산産인 거야, 이르고 계십니까
지금?

용문일기
—엄정율

쌀을 안치고 내려서면
무엇이건 먹을 것을 주었던
마당 아랫자락

깡그리 죽음이 덮쳤네 겨우 일 주를 거르고 오니
오래 씩씩하던 고추 깻잎들마저

울 없는 마당 곁길
아무도 그냥 지나는 이 없는
산 언덕배기의 오두막

노을 전망대 집 아낙 산책타가 가르쳐준,
토마토랑은 푸른 채로 따서 장아찌 담그지 못했는데,
엄동용 된장찌개 거리로 끝물고추 꾸들꾸들 말려
미처 냉동 칸에 보관하지 못했는데

그러나
저 땅 칼날 내리친 엄정율嚴正律을 두고
겨우, 라고 말하지 마라
조금만 조금만……너 타성의 늪에 머리박고 있는 사이

열 손가락 그어 내린 핏자국, 체온 곤두박질치던
기다림의 절벽구간을

용문일기
—우주의 문장

외등燈
새어나오는 방안의 등燈마저
다 꺼버리고 나와 앉은
덕촌리 산山 이 외딴 오두막의 마당같이

하나씩 끈다
안으로도 밖으로도 들어찼던
환히 밝혀주는 것도, 따스함도 아닌
너라는 가등假燈들

여물을 끓이던 외양간 아궁이
치명색을 칠하며 춤추던 장작불도 스러지고
개구리울음소리 천지를 메울 때
고샅 끝 들판을 바래 나가서면
이승과 저승 경계를 넘어 유영해 오던
초록초록풀씨 반딧불이 떼

그 묵청墨靑의 어둠이고 싶다
신윤복의 화선지를 빠져나온 초롱 하나
아슴아슴 반딧불이 되어

삼백 년의 밤길로 나를 찾아오고
내 가슴도 받고 싶다 하늘흑판처럼
우주영원의 문장

용문일기
—압축팩

데크와 수조를 덮고
알밤 쏟아진 뒤란, 찻잔을 든 모든 시야에
시나브로 노란 잎이 내리는데
도착하자마자
비어 있었던 집과 창고의 모든 창문
자동차의 네 개 문짝들까지 활짝활짝
다 열어젖힌 아이는
두 팔도 드높이 접힌 사지들을 펴 널고 있다
나무숲으로 쇄쇄쇄아 빗소리를 연주하는
시월의 바람 속
고층빌딩에 납짝 끼어 있었던 청춘은
압축 백을 벗고 한껏 부풀어 오르고 있다
펄럭펄럭 깃을 쳐대고 있다

어떤 근황

몸뚱일 못살게 굴어야만
왜 맘이 안녕한지
아프리카 대초원의 야생 소
혼자 새벽길 가는 인도 소
어거지로 물 먹고 매 맞으며 질질 끌려가는
한국의 소,
온갖 소의 꺼벙한 눈들이 내 눈에
자꾸자꾸 밟히는지
고기 먹는 일을 힘들게 하는지
찜질방노래방곗방교회방방 대신
왜 자꾸 가지는지 중독되었는지
오거나 말거나 무심법이 국법인 나무들의 나라
혹은 내 키 내 근심 내 허기 따위
야야 웃기지 마라야,
함부로 깨부숴버리는 무자비한 주인의 집,
흙방陶房으로나
도시의 매끈한 긴 층계 뒤로 걷어차며 매양 매양
신호대기에 멈춰선 귀로
자홍 다홍 다투어 어둠에다 풍성한 머릿단 흩뿌리는
불꽃나무들 바라보고 있노라면 그 런 데, 왜

번번이 내 어깨 짚어오는 손이
슬픔인지 몰라

붉은 가시나무

돌아서
뒤쳐진 어린 새끼 구해냈는데
제 몸 되레 악어의 기습

기나긴 늪지의 마라 강江의 사투 가까스로 떨쳐 나왔으나
세울 길 없는 앞다리

잡힐 듯 잡힐 듯
뿌연 먼지 속에 멀어져가는 생, 돌아보지 않는 생의 대열
저어어만큼…… 두고
춤추는 무심한 풀잎들 사이 쿠웅,
어미 누우의 핏빛 두 눈알

붉은 가시나무 많은 이유 알겠네 사바나에
우리 사는 이 땅 위에

뒤늦은 독서

애호박, 고향집 토방의 누렁이로
누운 천둥호박 보고 싶어

모종들 사다가 묻고
지줏대에 망도 촘촘 엮어주었건만
덩굴만 정신없이 무성할 뿐
열매 거의 달리지 않는 까닭을
농업 기술 센터에서 받아온 책 펼쳐서 찾네

(어미덩굴의 4~5마디에서 나오는 아들덩굴 2~3개만 기르고
나머지 곁가지들은 모조리 제거해야 한다)

줄기가 줄기를 휘감듯 길이 길의 목을 조여
하나도 온전하게 살지 못한다는 것,
개운히 쳐낸 밑동가리 거칠 것 없이 뻗어간 덩굴로
탐스럽게 열매 생산해내지 못한

얼마나 무지한 불량농부였었는지
다 늦은 뒤에사 읽고 있네 내 인생傳

탐험자
―시로 쓴 유서

인생이 짧았다고는
나 결코 말하지 않겠네

오는 아침 믿기지 않던
혼수상태에서 눈뜬 새벽녘
번지는 흑장미꽃잎물감
하늘빛에 울었네

주검 같은 밤 산모
탄성의 아침을 출산하듯이
몇 차례의 후생이 그렇게 왔었기로
흐렁흐렁 상처 없는 시원을 눈뜨는
여름 아침의 풀 잎사귀의 전율이
내것이었네
땅위의 키보다 뿌리가 성한
믿을 수 없이 발치에 떨어지는
제 허물을 본 탐험자,
우주 간 그 여한 없음으로
나 경계를 넘겠네

삶과 자아에 대한 깨달음을 향하여
―안영희의 시집 『어쩌자고 제비꽃』 읽기

장경렬(서울대 영문과 교수)

1. 기起, 또는 삶의 저편에서 이편으로

제임스 조이스의 『젊은 예술가의 초상』에는 "세월은 변하고 우리도 세월 속에서 변한다"라는 뜻의 라틴어 경구警句가 나온다. 어디에 그런 말이 나오던가. 어린 스티븐 디덜러스가 아버지와 함께 아버지의 고향을 찾았을 때다. 아버지에 이끌려 들어선 술집에서 아버지의 옛 친구 가운데 한 사람이 스티븐의 라틴어 실력을 실험해 볼 요량으로 이 경구를 들먹인다. 온갖 대화가 어수선하게 진행되는 술집의 분위기를 암시하듯 그 이야기는 여기서 더 이상 진전되지 않지만, 이 경구는 스티븐의 아버지나 아버지의 옛 친구들이 함께 공유하고 있는 정서를 있는 그대로 드러내는 것이리라. 옛날과 다름없는 친구이지만, 그리고 자신은 옛날이나 지금이나 변함이 없다고 느낄 법도 하지만, 오랜만에 옛 친구들과 만난 자리에서라면 어찌 세월이 변하고 서로가 변했음을, 심지어 자신까지 변했음을 느끼지 않을 수 있으랴.

안영희 시인의 새로운 시집『어쩌자고 제비꽃』에 대한 작품론의 자리에서 뜬금없이 스티븐의 일화를 들먹이는 이유는 무엇인가. 안영희 시인이 건넨 시집 원고를 읽는 도중 갑작스럽게 그 옛날의 작품 한 편이 기억의 저편에서 떠올랐기 때문이다. 그 작품을 기억에 떠올리며 나는 지금으로부터 약 17년 전 안영희 시인의 시편들을 처음 접했을 때의 느낌을 되살려 보기도 했고, 그러는 가운데 세월이 변했고 우리 모두가 세월 속에서 변했음을 새삼스럽게 실감하지 않을 수 없었다. 이제 그 시를 함께 읽기로 하자.

이제 그만 나를 놓아다오
아니 차라리 나를 흙 속에 묻어다오

잘못 태어난 이 슬픔 썩어
하늘과 햇빛 아낌없는 나라
춤추는 풀잎들의 언덕에
진초록 남김없이 물드는 나무 한 그루
밀어 올릴 수 있도록

모조리 일어서 있다
창대처럼 새파랗게
다소곳이 놓여 있어야 할

허여멀건한 머리통들

잠시 잊고 버려 둔
비닐봉지 속의
무기수無期囚들.

—「콩나물」 전문

　당시 나는 안영희 시인의 시집 『가끔은 문밖에서 바라볼
일이다』(삶과꿈, 1999년 4월 7일 발간)에 수록될 작품론을 준비하
고 있었는데, 이 시는 삶의 주변에 묻혀 눈에 잘 띄지 않는
대상을 향한 예민하고 섬세한 관찰의 시선이 감지되는 여러
편의 작품 가운데 하나였다. 이 작품에 대한 당시의 분석에
바탕을 두되 그때와는 다른 언어로 시 읽기를 시도해보자.
사전적인 정의에 따르면, 콩나물은 "콩을 물이 잘 빠지는
그릇 따위에 담아 그늘에 두고 물을 주어 자라게 한 것"(국
립국어원 인터넷 표준국어대사전)을 말한다. 이 같은 사전
적인 정의가 암시하듯, 콩나물은 "아낌없는" "하늘과 햇빛"
이라는 자연스러운 성장 조건을 외면한 채 콩을 비정상적인
조건 아래서 길러 낸 것이다. 말하자면, 인간이 자의적恣意
的인 요구에 따라 비정상적으로 싹을 틔우고 성장을 강요하
여 얻어 낸 결과물이 콩나물이다. 또는 인위적인 조작에 의
해 '자연'을 '왜곡시켜 놓은 것'이 콩나물이다. 시인은 "잠시
잊고 버려 둔/ 비닐봉지 속"의 콩나물이 "창대처럼 새파랗
게" "모조리 일어서" 있는 모습을 바라보다가 언뜻 그런 콩

107

나물의 소리 없는 절규를 듣는다. "진초록 남김없이 물드는 나무 한 그루/ 밀어 올릴 수 있도록" "이제 그만 나를 놓아다오/ 아니 차라리 나를 흙 속에 묻어다오." 요컨대, 자연스러운 조건에서 자연스럽게 성장하고자 하는 콩나물의 의지를 문득 감지하게 된 것이다.

하지만 콩나물의 몸짓이든 소리 없는 절규든 모두가 '무망한' 것일 수밖에 없다. "다소곳이 놓여 있어야 할/ 허여멀건한 머리통들"이라는 언사가 암시하듯, 콩나물의 존재 조건은 당위론적當爲論的으로 이미 정해져 있기 때문이다. 다시 말해, 반항의 몸짓과 절규에도 불구하고 콩나물에게는 자연스러운 성장의 자유와 기회가 허락되지 않을 것이다. 그렇게 하는 경우, 콩나물은 이미 콩나물일 수 없기 때문이다. 다시 말해, "허여멀건한 머리통들"을 유지한 채 "다소곳이 놓여 있"는 것이 콩나물의 존재 조건이기 때문이다. 시인이 "콩나물"에 대한 관찰을 "무기수들"라는 표현으로 끝맺는 이유는 여기에 있지 않을까. 즉, 시인조차 자신의 의지만으로는 어쩔 수 없는 "무기수"가 콩나물인 것이다. 어찌 보면, 시인은 콩나물에서 자신의 모습을 읽고 있는지도 모른다. 콩나물은 제도와 관습과 규범의 억압 아래 자연스러운 성장을 멈춘 채 "다소곳이 놓여 있어야" 함을 강요받고 있는 시인 자신일 수도 있고, 나아가 자신의 뜻을 자연스럽게 펼치기 어려워하는 이 사회의 구성원 모두일 수도 있다. 만일 확대 해석이 허락된다면, 이 시는 자신의 뜻을 제대로 펼칠 수 없는 이라면 누구나 사회적 제약을 향해 드러낼 법한 절규와 저항의 몸짓을, 그럼에도 불구하고 어쩔 수 없이 받아들여야 하는 현실에 대한 좌절을 암시하는 작품으로 읽을 수도 있으리라.

거듭 말하지만, 우리가 이 작품에서 확인할 수 있는 것은 시인의 예민하고 섬세한 시선이다. 추측건대, 어느 날 냉장고를 열자 "잠시 잊고 버려 둔/ 비닐봉지 속의 [콩나물]들"이 시인의 시선을 끌었던 것이리라. 이어서, 누구라도 그냥 지나칠 법한 냉장고 안의 "잠시 잊고 버려 둔" 콩나물에서 시인은 삶의 깊은 의미를 꿰뚫어보게 되었던 것이리라. 이번 시집의 원고를 읽으면서도 나는 역시 「콩나물」에서 감지할 수 있었던 예전의 예민하고 섬세한 눈길이 변치 않았음을 확인할 수 있었다. 하지만 시적 정조와 메시지 면에서는 무언가 세월과 함께 변한 것이 있음을 감지하지 않을 수 없었는데, 예컨대 다음과 같은 작품을 보라. 여기서 감지되는 무언가의 변화가 나에게 그 옛날의 「콩나물」을 문득 떠올리게 했던 것이다.

허드레 재료들의 국맛이
어찌 이리 깊숙이 퍼져드나
새벽 수영 마치고 와서 드는
쑥국 한 그릇

유배의 골방, 소금물
어둠 개켜 짓누른 항아리 안에서 세월세월

마침내 제 이름을 놓고 온 콩과

밟고 밟고, 죽었겠지 잊어도 어느새 파르랗게

다시 고개 드는

아무데도 지천인 허접데기 풀

뭉개어 섞은

저 볼품없는 두 것들의 살 맛이

이 아침 찡하게 내 속을 관통하는 것은

슬픔이 발효한 그 오랜 견딤들

서로 품어 여한 없는

합일경인 거니

―「쑥국」 전문

　그 옛날에 "잠시 잊고 버려 둔/ 비닐봉지 속의/ 무기수들"에게 그러했듯, 이 작품에서도 시인은 우선 "유배의 골방, 소금물/ 어둠 개켜 짓누른 항아리 안에서 세월세월/ 마침내 제 이름을 놓고 온 콩과/ 밟고 밟고, 죽었겠지 잊어도 어느새 파르랗게/ 다시 고개 드는/ 아무데도 지천인 허접데기 풀"이라는 "볼품없는 두 것들"에게 시선을 향한다. 어찌보면, 된장을 지시하는 전자와 쑥을 지시하는 후자를 묘사할 때 시인이 동원하고 있는 다양한 표현이 말해 주듯, 시인의 눈에 양자는 각각 억지와 강요의 산물 및 핍박을 견디고 살아남은 존재로 비친다. 그런 점에서 볼 때, 양자는 콩나물과 크게 다를 바 없는 존재 조건에 놓여 있다고 할 수 있다. 하지만 시인이 이 시에서 초점을 맞추는 것은 그와 같은 강요와 억압이라는 존재 조건이 아니라, "슬픔이 발효한 그 오랜 견딤들" 또는 "그 오랜 견딤"의 과정을 지탱해 온 "슬픔"이다. 하지만 시인이 이어가는 상념의 흐름은 여기서 멈추지 않고, "그 오랜 견딤들"이 "서로 품어" 이룩한 "여한 없는/ 합일경"을 향한다. 즉, 시인은 된장과 쑥이 하나로 "뭉개어 섞"여 연출해 내는 "살맛"에, "쑥국"의 "깊숙이 퍼져드"는 "국맛"에, 또는 "이 아침 찡하게 내 속을 관통하는" "살맛"에 초점을 맞춘다. 이를 통해 시인은 "슬픔"과 "견딤들"이 결코 헛된 것이 아니었음을 암시하는 것처럼 보이기도 한다.

요컨대, "창대처럼 새파랗게" "모조리 일어서 있"는 "콩나물"에서 시인의 옛 마음을 읽을 수 있듯, "마침내 제 이름을 놓고 온 콩"과 "아무데도 지천인 허접데기 풀"이 이뤄내는 "여한 없는/ 합일경"에서 시인의 요즈음 마음─저 유명한 서정주 시인의 시적 표현을 빌리자면, "머언 먼 젊음의 뒤안길에서/ 인제는 돌아와 거울 앞에 선"(「국화 옆에서」) 시인의 마음─을 읽을 수 있으리라. 말하자면, 저항을 의식하는 긴장된 목소리가 인종과 인내의 아름다움에 대한 편안하고 온유한 관조의 목소리로 바뀌어 있음을 감지할 수 있으리라. 바로 여기서 우리는 세상을 바라보는 시인의 시선에 또렷한 변화가 있었음을 감지할 수 있지 않을까. 사실을 말하자면, 「쑥국」이 「콩나물」을 떠올리게 했던 것은 단순히 두 시에서 감지되는 목소리와 시선의 변화 때문만이 아니었다.

「콩나물」에서 시인의 마음을 읽을 무렵 나는 당시의 시집에 수록될 또 한 편의 작품인 「가끔은 문 밖에서 바라볼 일이다」의 마지막을 장식하는 "아침에는 냄새 좋은 국을 끓일 일이다"라는 시적 진술에 매료되기도 했거니와, 이 시를 읽었을 때 내 마음속에 떠올랐던 것은 '콩나물 국'이었다. 그 때문인지 몰라도, 「쑥국」을 읽으면서 나는 문득 '콩나물 국'을 기억에 떠올려 보기도 했다. 맑은 '콩나물 국'과 된장을 풀어 조리한 갈색 빛깔의 '쑥국'에서 각각 맑은 눈길로 세상사를 응시하는 젊은 시절 시인의 담백한 마음과 온유하게 세상사를 감싸 포용의 눈길로 바라보는 오늘날 시인의 마음을 읽었다면 지나친 비약은 아닐지 모르겠다.

사실 안영희 시인의 이번 시집에서 감지되는 기본 정조는 사소하지만 결코 사소한 것으로 치부할 수 없는 것들이 전하는 삶의 의미에 대한 온유한 시선과 깨달음이다. 오랜 시력詩歷을 쌓아온 시인이 마침내 펼쳐 보이는 삶의 의미에 대한 온유한 시선과 깨달음을, 그리고 이를 통해 시인이 우리의 눈앞에 펼쳐 보이는 삶의 진경眞境을 확인케 하는 것이 안영희 시인의 이번 시집 『어쩌자고 제비꽃』인 것이다. 우리는 우리에게 주어진 현재의 지면을 통해 시인이 펼쳐 보인 삶의 진경을 일별해보고자 한다.

2. 승承, 또는 삶에 대한 성찰과 이해의 마당에서

안영희 시인의 이번 시집 『어쩌자고 제비꽃』은 모두 4부로 이루어져 있는데, 제1부에서 우리가 감지할 수 있는 것은 깨달음을 향한 시인의 탐구다. 시인이 던지는 탐구의 시선은 때로 "꼬글꼬글 펴올린 연두연두 새순 깃발들"(「안개 사원」)이나 앞서 검토한 시 「쑥국」에서 보듯 "허드레 재료들의 국맛"과 같이 일상의 삶 주변의 작고 사소한 것들을 향하기도 하고, 때로 "중앙아시아의 초원"(「중앙아시아의 초원에서」)과 같이 일상의 삶 바깥의 이국적인 것들을 향하기도 한다. 또한 때로 시인의 눈길은 자기 자신을 향하기도 한다. 그러한 작품들 가운데 특히 우리가 주목하고자 하는 것은 일종의 자아 성찰 또는 깨달음을 담고 있는 다음과 같은 작품이다.

물레의 페달을 밟았네
꾸들하게 마른 흙기물에 칼날을 대고
두들겨 투명한 소리 얻을 때까지
돌려가며 군살을 깎았네

나무판 그득그득 사발 대접 항아리

햇살 아래
지문 닳은 손가락들 내려다보네
그새 당신도 몸 굽혀
내 몸뚱이에 바짝 귀를 대셨는지
봄여름가을겨울 물레 쉬지 않고 밟아대며
내 뺨 내 허리 내 엉덩이에

칼날 대고 계셨는지
아니 당당당 청량한 울림이 나는
그릇 하나 희망하고 계셨는지

뼈다귀 드러나도록 가벼워졌는데도
때로 이 흙그릇
어금니로 비명 무는 것은

　　　　　　　　　　　　　　　—「군살 그릇」 전문

　안영희 시인은 2005년 가을 『흙과 불로 빚은 詩』라는 주
제로 도예전(경인미술관)을 열기도 한 도예가이기도 하다.
그런 까닭에 시인의 작품에는 도자기를 빚고 이를 불에 구
워내는 이야기가 자주 등장한다. 이 시에서 우리는 "물레의
페달을 밟"아 "꾸들하게 마른 흙기물에 칼날을 대고/ 두들
겨 투명한 소리 얻을 때까지/ 돌려가며 군살을 깎"는 시인
과 만날 수 있다. 필경 이 같은 과정을 거쳐 시인은 "나무
판 그득그득 사발 대접 항아리"를 빚어냈으리라. 하지만 시
인의 이 같은 "물레의 페달" 밟기가 어찌 도자기에만 해당
하는 것이겠는가. 시인은 "햇살 아래/ 지문 닳은 손가락들
내려다보"는 순간 문득 자기 자신이 하나의 "군살 그릇"임
을 깨닫는다. "지문 닳은 손가락"은 아마도 흙빛으로 물들
어 있었으리라. 흙빛으로 물든 자신의 손가락이 일종의 동
인動因이 되어, 시인은 자신을 '신' 또는 '절대자'가 빚어내는
그릇이라는 상상에 잠긴다. 아니, 시인에게 "당신"은 신이

나 절대자이기보다 좁게는 '시심詩心'을, 넓게는 '예술혼藝術魂'을 지시하는 것일 수 있다. 시심 또는 예술혼이 "몸 굽혀/ 내 몸뚱이에 바짝 귀를 대"고 있는 모습은 한 치의 오차도 없이 "흙기물에 칼날을 대고/ 두들겨 투명한 소리 얻을 때까지/ 돌려가며 군살을 깎"는 도예공의 모습을 있는 그대로 투사하고 있다. 이로 인해, "내 뺨 내 허리 내 엉덩이에/ 칼날 대고 계셨는지/ 아니 당당당 청량한 울림이 나는/ 그릇 하나 희망하고 계셨는지"에서 감지되는 은유의 깊이는 실로 예사로운 것이 아니다.

아마 여기서 시가 끝났다 해도 이 작품은 예사롭지 않은 은유로 인해 빛나는 작품이 되었을 것이다. 하지만 시인의 시적 사유는 이것으로 전부가 아니다. 이어지는 시인의 시적 진술에서 우리는 시인의 깊은 자기 성찰을 읽을 수 있다. 물론 "뼈다귀 드러나도록 가벼워졌는데도"는 나이가 들어 육체적으로 몸이 가벼워졌음을 암시하는 것일 수도 있다. 하지만 "물레 쉬지 않고 밟아대며" "칼날 대고 계셨는지"라는 말이 암시하듯 자연스러운 몸의 변화를 암시하는 말이 아니다. 이는 시심 또는 예술혼의 인도를 받아 마음이 가벼워졌음을 암시하는 것일 수 있다. 또는 몸을 깎는 수련을 통해 시적으로나 예술적으로 추구하던 바에 대한 욕심이 줄어들고 이에 따라 마음이 가벼워졌음을 암시하는 것일 수도 있다. 하지만 시인은 "때로 이 흙그릇/ 어금니로 비명 무는 것"을 듣는다. 이 돌올한 언사를 통해 시인은 예기치 않은 깨달음 또는 자기 성찰의 순간으로 우리를 이끈다. 이 같은 자기 성찰과 관련하여 우리가 유의해야 할 점이 있다면, "흙그릇"이 내는 소리를 판단해야 할 주체는 결코 "흙그릇"인 시인 자신이 아니라는 점이다. "흙그릇"인 시인이 내는 소리가 "투명한 소리"인지 "비명"인지에 대한 판단은 독자 또는 청중—말하자면, 시 안에 담긴 시혼 또는 예술혼을 감지하는 위치에 있는 이들—의 몫일 따름이다. 그런 까닭에 우리는 자신이 내는 소리가 "비명"임을 한탄하고 있는 시인에게 위로의 말을 전할 수도 있다. 「군살 그릇」이라는 시가 있는 그대로 증명하듯, 시인이 내는 소리는 "당당당, 청량한 울림"이지 결코 "비명"이 아니다.

비로 이런 의미에서 볼 때, 시인의 시 역시 '언어'라는 "흙기물"에 "칼날을 대고/ 두들겨 투명한 소리 얻을 때까지/ 돌려가며 군살을 깎"는 작업이라 할 수도 있다. 바로 이처럼 "당당당 청량한 울림"을 희망하며 시 쓰기 작업을 하는 주체가 안영희뿐만 아니라 이 세상의 모든 시인일 수 있다. 그리고 수많은 시인이 이 같은 시 쓰기 작업의 산물이라 할 수 있는 자신의 "소리"가 "비명"이라는 판단 아래 절망하기도 할 것이다. 그런 시인에게 우리가 아무리 위로의 말을 하더라도 시인은 위안을 받지 못할 수도 있다. 하지만, 시인이 위안에 미혹되어 군살 깎기에 태만해지는 순간, 시인의 시에서 나는 소리는 말 그대로 비명으로 바뀔 수도 있지 않을까. 바로 이 점을 잘 알고 있기라도 하듯, 안영희 시인은 세상사와 삶 그리고 자신에 대한 섬세하고 예민한 깨달음의 여정에서 항상 여일한 반성과 성찰의 마음을 드러내고 있거니와, 그 궤적을 담은 것이 이번 시집의 제1부라 할 수 있겠다.

시집의 제2부에서 시인은 좀 더 구체적인 현실 또는 삶의 현장으로 시선을 향할 뿐만 아니라, 삶의 아픔에 대한 예리하고 깊은 깨달음 및 이에 따른 현실 비판을 생생하게 드러낸다. 자의적인 일반화가 허락된다면, 현실적인 삶의 현장과는 다소 떨어진 곳에서 그 주변을 향해 시선을 던지고 있는 시인의 모습을 유추케 하는 작품 세계가 제1부의 주류를 이루고 있다면, 제2부의 주류를 이루는 작품 세계는 구체적이고 현실적인 삶의 현장 안쪽이다. 시인은 "회기역 플랫폼"(「겨울꽃」)이나 "종로 3가 역"(「종로 3가 역」)에서, 병원이라는 "그 위태로운 마을"(「무정 풍경」)에서, "롯데마트, 광명교회"(「민들레 傳-1」)가 들어선 도심 한가운데서, "미아로"의 "도로"(「미아로의 개」)에서, "광주"의 "함박눈 쏟아"지는 "거리"(「함박눈 거리에서, 광주에게」)에서, 또한 집안이든 집밖이든 인간사의 아픔이 짙이는 곳 여기저기에서 주변을 향한 관찰의 시선을 여일하게 유지한다. 또한 시선의 초점은 "사회면의 신문기사"를 장식한 "시멘트 포장 등짝에서 노숙하고 있는 굳게 잠긴 길 위의 가망 없는 부랑"(「주민등록 없음」)에 모아지기도 하고, "폭염 속을/ 등에는 젖먹이 머리엔 복숭아 바구니 비틀비틀 이고 가는/ 젊은 어머니"(「과적」)에, 심지어 "가다 서다를 반복하는 6차선 도로 빼곡 찬 자동차들의 사이에 끼어" 헤매는 "개 한 마리"(「미아로의 개」)에, 그밖에 존재의 아픔을 감지케 하는 세상의 이러저러한 대상에 모아지기도 한다. 나아가, "저 거울 차갑게 증언하고" 있는

"나"(「내 옷이 내게 맞지 않다」)에, "전쟁의 폐허에서 홀로 자식들 먹이고 지켜낸 이력으로/ 더께 진 저승버섯 틈새에서도 오직/ 드세게 남은 눈빛"을 잃지 않는 "어머니"(「세상의 식탁」)와 "그림자였던 목조집 2층의 아버지"(「타클라마칸, 아버지」)에 모아지기도 한다.

이채로운 것은 초점이 "고古가구과의 꼬마 뒤주 하나"와 같은 사물에 모아지기도 한다는 점이다. 우리가 '이채롭다'라는 표현을 동원하는 것은 여타의 관찰 대상과 달리 '고가구'는 생명이 없는 존재라는 점 때문이다. 하지만 '가구'—그것도 '고가구'—만큼이나 인간의 숨결과 흔적을, 현실적 삶의 때와 얼룩을 고스란히 간직하고 있는 대상이 어디 있겠는가. 우리가 무엇보다 「입양」에 논의의 초점을 맞추고자 하는 이유는 여기에 있다.

어느 모서리 할 것 없이
다치고 패인 흰 속살 자리들
젖은 수건으로 닦아내고 짙게 갠 가루 커피
바르고 또 발라주네

철화시문의 화장토 도자기 받아 앉히고
거실의 한 켠에서 짐짓
고졸한 품격까지 자아내는 어울림이라니

쌓인 폐기물 더미에서

가까스로 발견한

고古가구과의 꼬마 뒤주 하나

거기 뒤엎어 내던져지기까지

그를 알아보지 못했을 한 전생이

싸아하니 읽혀지네

제 몫, 그 한 자리 찾아들기까지

생은 저리 상처지도록 편력해야 하고

얼마나 많은 진품의 삶들이

발견되지 못한 채 폐기되어가고 있는가

번쩍이는 것, 상품들만 뵈는

들뜬 이 시대

―「입양」 전문

    시인은 우연히 "쌓인 폐기물 더미에서" "고古가구과의 꼬
마 뒤주 하나"를 발견한다. "거기 뒤엎어 내던져지기까지"
누구도 "알아보지 못했을" 그런 가구다. 우리는 시인이 여
기서 "꼬마 뒤주"를 '그것'이 아닌 '그'로 표현하고 있음을 주
목할 수 있는데, 시인은 문제의 "꼬마 뒤주"를 단순한 가구
가 아닌 인격체로 여기고 있지 않은가. 말하자면, 무기물인
가구에 생명이 부여된다. 이런 관점에서 볼 때, 제3연 제4
행의 "한 전생이/ 싸아하니 읽혀지네"라는 구절이 의미하는

바는 각별하다. 고가구인 "꼬마 뒤주"가 "폐기물 더미"에 내던져져 있을 때까지의 이력을 지시하는 '전생'은 불교적인 용어 가운데 하나로, '새롭게 다시 태어나기 이전의 삶'을 뜻한다. 인간이나 인간에 준하는 생명체에 비춰보면, 시인이 "꼬마 뒤주"를 하나 발견하여 이를 "입양"함은 "꼬마 뒤주"가 새롭게 다시 태어남을 뜻할 수 있다. 그렇게 보는 경우, 시인에게 "꼬마 뒤주"는 단순히 버려진 가구, 재활용을 위해 누군가가 찾아낸 폐가구가 아니다. 만일 비유적 의미를 확장할 것이 허락된다면, "꼬마 뒤주"는 어떤 사연 때문인지 몰라도 버림받아 죽음에 이른 것이나 다름없는 상태가 되었지만 누군가의 구조를 받아 새로운 삶을 살게 된 인간, 폐인과 다를 바 없는 처지에서 다시 정상의 삶을 살 기회를 얻은 인간에 대한 비유로도 읽힐 수 있다.

이 시의 제1연에서 시인은 "꼬마 뒤주"의 재탄생 과정에 자신이 들인 공력功力이 어떠한 것인지를 간결하지만 설득력 있는 설명으로 전한다. 마치 몸과 마음에 온통 상처투성이인 한 인간의 상처를 소독하고 그 자리에 약을 바르는 듯, 시인은 정성을 다해 "꼬마 뒤주"를 돌본다. 그리고 제2연에 이르러, 시인은 성한 곳이 없는 인간의 상처를 치료한 다음 그에게 적절한 거처를 마련해주고 의관을 갖춰 입히듯, "거실의 한 켠"에 자리를 잡아주고 "철화시문의 화장토 도자기"를 "꼬마 뒤주" 위에 "받아 앉"힌다. 그랬더니, 볼품없던 "꼬마 뒤주"가 "고졸한 품격까지 자아"낸다.

앞서 논의한 제3연은 이제 필요한 조처를 모두 끝낸 후

"꼬마 뒤주"를 온유한 시선으로 바라보는 시인의 마음을 전한다. 어떤 관점에서 보면, 시인은 "쌓인 폐기물 더미"에서 "꼬마 뒤주"를 발견할 때든, 또는 발견해서 돌볼 때든, 이 "꼬마 뒤주"의 "전생"에 대해 한가하게 생각할 겨를이 없었을 것이다. 그런 의미에서 볼 때, 제3연은 이제 비로소 대상에 대한 단순한 발견을 뛰어넘어 대상 자체의 진가에 대해 완상할 마음의 여유를 얻게 되었음을 암시하는 시적 진술일 수 있다. 제4연은 "꼬마 뒤주"에 대한 인격화를 뛰어넘어, "꼬마 뒤주"에 비유될 수 있는 온갖 대상—나름의 가치를 지니고 있으나 "발견되지 못한 채 폐기되어가고 있는" 대상—을 향한 시인의 새삼스러운 깨달음을 담고 있다. 실로 제4연은 비유의 차원을 넘어서서 신산한 삶을 살아 왔기에 비천해 보이지만 그럼에도 불구하고 누구나 지니고 있을 법한 어느 한 대상의 가치와 아름다움과 품위에 대한 새삼스러운 깨달음에 이른 시인의 마음을, 그리고 그러한 깨달음에 이를 수 있을 만큼 넓게 열려 있는 시인의 마음을 엿보게 하는 시적 진술이 아닐 수 없다.

하지만 이 시가 제4연으로 끝났다면 이는 굳이 현실 세계에 시선을 주고 이를 통해 현실에 대한 무언가 깊고 통렬한 깨달음에 이르는 시인의 내면을 전하는 작품으로 보기는 어려웠을 것이다. 그런 의미에서 볼 때, 일견 사족蛇足과도 같아 보이는 제5연이 갖는 의미는 각별한 것이 아닐 수 없다. "꼬마 뒤주"의 가치에 대한 깨달음이 계기가 되어, 시인은 자신이 몸담고 있는 이 시대—즉, "번쩍이는 것, 상품들만

뵈는/ 들뜬 이 시대"—에 대한 새삼스러운 깨달음에 이른 것
이다. 물론 시인의 깨달음은 외적인 것에만 신경을 쓰는 우
리 시대의 경향과 풍조에 대한 비판을 담은 것이다. 바로 여
기서 이 시는 현실에 대한 깨달음과 비판의 시로서 완결된
다. 하지만 그것이 전부일까. 어찌 보면, 시인은 누가 뭐라
해도 "이 시대"의 일원이거니와, 시인의 비판은 시인 자신
을 향한 것일 수도 있다. "폐기물 더미"에서 "꼬마 뒤주"를
발견하고 그 가치를 새삼 확인하기 전까지 자신이 걸어왔던
삶의 여정에 대한 반성, 습관적으로 어떤 것이 "진품의 삶"
인지 알지 못한 채 이를 무시해왔던 자신의 태도에 대한 반
성까지 담고 있는 시가 다름 아닌 「입양」 아닐까. 아니, 이
렇게 읽을 수도 있다. 이 시 자체가 누구도 거들떠보지 않
을 만큼 사소하고 볼품없는 대상에서 "진품의 삶"을 확인하
고는 이를 갈고 닦아 한 편의 단아한 작품으로 다듬어 마침
내 자신의 시 세계 안으로 "입양"해야 하리라는 시인 자신의
다짐을 드러내는 작품은 아닐지? 이와 동시에, "들뜬 이 시
대"를 살아가는 인간임을 부정하지 못한다 하더라도 "번쩍
이는 것, 상품들"만을 시적 소재로 여기는 것은 올바른 자세
가 아님을 깨닫는 시인의 자아 반성을 담은 작품은 아닐지?

구체적이고 현실적인 삶의 현장 안에서 이루어지는 대상
에 대한 시인의 관찰과 깨달음이 더할 수 없이 생생한 시적
언어로 구체화되고 있는 적지 않은 예들 가운데 우리가 또
하나 각별히 주목하고자 하는 작품이 있다면, 이는 바로 「세
상의 식탁」이다. 이 작품의 중심에 놓이는 주제는 '어머니'

로, 일반적으로 어머니를 주제로 하는 경우 시는 감상적感傷的이거나 회고적回顧的인 것이 되기 쉽다. 따라서 시적 감흥이나 메시지는 대기 속으로 흩어지는 연기처럼 독자에게 도달하기 전에 무화無化되는 경향이 적지 않다. 하지만 시인 안영희는 더할 수 없이 적절한 비유를 동원함으로써 그와 같은 위험을 미연에 방지하고 있다. 우선 이 시를 함께 읽기로 하자.

세밑의 길목
창유리 따뜻한 보호벽 안에서
봄동을 씻습니다
뻣센 잎들 연신 뜯어버리며
왜 소화제를 먹어야 할 위장처럼
주방 개수대 앞에 선 마음이 영 편치를 않습니다
지표가 온통 포복하고 숨죽인 이 계절
남행열차 지나는 어느 언덕배기
구원처럼, 반역처럼 새파랗게 눈을 적셔오던 겨울 초록
엄동의 채찍과 해가 지면 덮쳐오는 결빙의 위협
이기고 온 존경스러운 목숨의 겉살들을
나는 연신 찢어내 쓰레기통에 던지고 있습니다
전쟁의 폐허에서 홀로 자식들 먹이고 지켜낸 이력으로
더께 진 저승버섯 틈새에서도 오직
드세게 남은 눈빛 보고 나오며, 어머니
그만 돌아가시지! 가족의 겉잎사귀 따내기를

서슴치 않았지요 우린

아 어쩌겠습니까 세상의 식탁이 원하는 건

항상 보드랍고 어여쁜 속잎인 것을

어머니!

—「세상의 식탁」 전문

이 시에서 시적 소재가 되고 있는 것은 "봄동"이다. '봄동'
이란 초겨울에 수확하고 남은 배추의 뿌리에서 새싹이 나
겨울 날씨를 견뎌내고 자란 것을 말한다. 말하자면, 추운
겨울을 이기고 자란 배추가 봄동이다. 시인은 이렇게 자란
봄동을 "세밑의 길목/ 창유리 따뜻한 보호벽 안에서" 씻는
다. 씻고 다듬는 과정에 시인은 "지표가 온통 포복하고 숨
죽인 이 계절/ 남행열차 지나는 어느 언덕배기"의 봄동을,
그러니까 "구원처럼, 반역처럼 새파랗게 눈을 적셔오던 겨
울 초록"을 마음속에 떠올린다. 이로써 시인은 실내의 온기
와 기억 속 노천露天의 한기 사이의 선명한 대비를 유도하
고 있거니와, 이와 관련하여 시인이 현재 있는 곳이 "창유
리 따뜻한 보호벽 안"인 반면에 봄동에게 강요되었던 공간
은 "엄동의 채찍"과 "결빙의 위협"이 지배하는 곳이었다는
점에 유의하기 바란다. 아마도 이 같은 대비를 통해 시인
은 실내의 온기를 더욱 포근하게 느끼고 있을 것이고, 이에
따라 봄동이 자라던 노천의 한기를 더욱 생생하게 떠올리
고 있을 것이다. 아니, 이 같은 대비는 시인 자신의 느낌을
전하기 위한 것일 뿐만 아니라, 시를 읽는 독자들의 마음속

에 온기와 한기에 대한 느낌을 더욱 생생하게 일깨우기 위한 것일 수도 있다. 아무튼, 온기로 감싸인 공간에서 한기가 지배하는 공간을 떠올리며 시인은 봄동의 "뼛센 잎들"을 "연신 뜯어버"린다.

문제는 그 과정에 시인의 "마음이 영 편치를 않"다는 점이다. 무슨 이유 때문일까. 단순히 "엄동의 채찍과 해가 지면 덮쳐오는 결빙의 위협/ 이기고 온 존경스러운 목숨의 겉살들"을 "찢어내 쓰레기통에 던지고 있"기 때문일까. 물론 "뼛센 잎들" 또는 "겉살들"을 "연신 찢어내"는 동안 시인에게 이제까지 엄청난 추위를 견뎌 낸 봄동에 대해 미안한 마음이 들기 때문일 수도 있다. 인간은 자신의 이기적인 식욕 충족을 위해 동물이든 식물이든 이를 식용食用으로 다듬는 과정에 먹기에 적합지 않다는 이유로 그 일부를 마음대로 잘라버리기도 한다. 아마도 그 과정에 전일적숲─的인 유기체로 존재하던 동물이나 식물에게 미안함을 느끼는 사람도 있을 법하다. 특히 세상의 모든 유기적 생명체 나름의 존엄성을 지지하는 생태주의자나 세상 모든 것에 불심佛心이 있다고 믿는 불교 신자라면 그럴 것이다. 그렇다면, 안영희 시인이 생태주의자이거나 불교 신자이기에 "마음이 영 편치를 않"음을 느꼈던 것일까. 물론 그럴 수도 있다. 하지만 이런 유형의 시 읽기는 지나친 단순화일 수도 있고, 끼워 맞추기 식의 억지 읽기가 아닐 수 없다.

이 같은 식의 시 읽기를 경계하듯, 시인은 곧 이어 "전쟁의 폐허에서 홀로 자식들 먹이고 지켜낸 이력으로/ 더께 진 저승버섯 틈새에서도 오직/ 드세게 남은 눈빛 보고 나오며"
라는 시적 진술을 덧붙인다. 이는 시인의 어머니에 관한 묘
사로, 이를 통해 우리는 시인의 "마음이 영 편치 않"은 이유
가 무엇인지를 불현듯 깨닫게 된다. 아니, 봄동에 어머니
의 이미지가 너무도 선연하게 겹쳐짐을 깨닫게 된다. 우선,
"전쟁의 폐허에서 홀로 자식들 먹이고 지켜낸 [어머니의] 이
력"은 "엄동의 채찍과 해가 지면 덮쳐오는 결빙의 위협/ 이
기고 온" 봄동의 삶과 병치된다. 이어서, "더께 진 저승버섯
틈새에서도 오직/ 드세게 남은 [어머니의] 눈빛"은 "구원처
럼, 반역처럼 새파랗게 눈을 적셔오던 [봄동의] 겨울 초록"과
병치된다. 뿐만 아니라, 어머니가 살아온 신산한 삶과 시인
이 살아 온 "창유리 따뜻한 보호벽 안"의 서로 다른 인생 여
정이 각각 지닐 법한 삶의 한기와 온기 사이의 대비를 암시
한다. 하지만 그러한 병치와 대비를 의식하기 때문에 시인
의 "마음이 영 편치 않"은 것일까.

　물론 그것이 이유의 전부는 아니다. "더께 진 저승버섯
틈새에서도 오직/ 드세게 남은 눈빛"이라는 표현이 암시하
듯, 시인의 어머니는 의식이나 인격을 상실하여 이미 죽음
에 이른 것이나 다름없지만 그럼에도 불구하고 눈빛만으로
생명을 유지하고 있는 상태다. 추측건대, 그런 상태로 생명
을 유지하기보다는 차라리 돌아가시는 것이 어머니께서 인
간으로서의 존엄성을 지키는 방법이 아닐까 하는 생각을 시
인은 떨칠 수 없는 것이리라. 이를 증명하듯, 시인은 되뇐
다. "그만 돌아가시지!" 하지만 자식이라면 어찌 그런 속내

를 편한 마음으로 스스럼없이 드러낼 수 있겠는가. 아마도 생각뿐이리라. 하지만 봄동을 다듬는 과정에 시인은 문득 봄동의 "뻣센 잎들" 또는 "겉살들"을 뜯어내는 자신의 행위 자체에서 자신의 속내—말하자면, 어머니께서 삶답지 않은 삶을 살기보다 차라리 "뻣센 잎들"이나 "겉살들"처럼 뜯기어 삶의 현장에서 사라지는 것이 나으리라고 생각하는 자신의 속내—를 겹쳐 읽고 있는 것이리라. 아니, 자신의 행위가 자신의 속내를 무심결에 드러내는 것임을 언뜻 의식하게 된 것이리라. 그러니 시인의 마음이 어찌 편할 수 있겠는가. 편치 않은 마음을 달래듯 시인은 이렇게 말한다. "가족의 겉잎사귀 따내기를/ 서슴치 않았지요 우린" 이어서, 변명이라도 하듯 다음과 같은 말로 자신을 달랜다. "아 어쩌겠습니까 세상의 식탁이 원하는 건/ 항상 보드랍고 어여쁜 속잎인 것을"

봄동의 "뻣센 잎들" 또는 "겉살들"을 뜯어내는 행위에서 자신의 속내를, 어머니에 대한 자신의 속내를 겹쳐 읽고 있는 시인의 마음을 감출 듯 드러내는 동시에 드러낼 듯 감추고 있는 「세상의 식탁」은 정녕코 예사롭지 않은 시다. 비유의 원관념과 보조관념이 잘 짜인 조합을 이루어 조금도 흐트러지지 않는 정합의 관계를 유지하고 있는 이 작품을 통해, 시인은 자신의 시적 메시지를 더할 수 없이 효과적으로 또한 호소력 있게 독자에게 전하고 있다는 점에서 그러하다.

3. 전轉, 또는 궁극의 깨달음과 자기 성찰을 향하여

이번 시집의 제3부에서도 주변 세계를 향한 시인의 섬세하고 예민한 관찰과 이를 통한 삶의 의미에 대한 깨달음은 여일하게 계속된다. 아울러, 시인을 관찰과 깨달음으로 이끄는 대상이나 계기 역시 제1부나 제2부의 시 세계에서 일별할 수 있는 것들과 크게 다를 것이 없다. 시인의 시선이 "남도의 들녘 한 호숫가"(「그 집 앞」)를 향하든, "아침을 준비하는 주방의 창 아래"(「사과꽃데이지패랭이」)를 향하든, "후암동 야시장"의 "잔치마당"(「내 청춘 지나듯이」)이나 "용문산 길"의 "어둠"(「연대 미상의 밤」)을 향하든, "지붕 위 만삭의 호박덩이들/ 졸며 지키는 빈 집"이 있는 "보길도"의 풍경(「보길도 엽서」)이나 "태백선 열차의 창유리 밖"의 세상(「햇살포장길 따라서 가면」)을 향하든, 또는 "수묵을 푸는 석조전 아래 뜨락"(「맺힘, 살구나무」)이나 "폐기물 수거차 정류장"(「사월 엑소더스」)을 향하든, 시인은 사소하고 작은 것들에서 깊은 의미를 찾기 위한 감성적 탐구의 여정旅程을 멈추지 않는다. 차이가 있다면, 제3부에서는 제1부나 제2부에서보다 자아에 대한 탐구 또는 자신의 삶이 지니는 궁극의 의미에 대한 탐구를 위해 이곳저곳을 떠돌며 깊은 상념에 잠기는 시인 특유의 내밀한 감성이 더욱 또렷하게 감지된다는 점일 것이다. 시인이 끊임없이 이어가는 내밀한 삶의 의미 탐구를 감지케 하는 작품들 가운데 우리가 특히 주목하고자 하는 것은 다음과 같은 시다.

아무도

혼자서는 불탈 수 없네

기둥이었거나 서까래

지친 몸 받아 달래준 의자

비바람 속에 유기되고 발길에 채이다 온

못자국 투성이, 헌 몸일지라도

주검이 뚜껑 내리친 결빙의 등판에서도

불탈 수 있네

바닥을 다 바쳐 춤출 수 있네

목 아래 감금된 생애의 짐승 울음도

너울너울

서로 포개고 안으면

—「모닥불」 전문

    추측건대, 시인은 피어오르는 모닥불을 물끄러미 바라보고 있는 것이리라. 그리고 그 모닥불은 한때 "기둥이었거나 서까래"이었기도 했고 "지친 몸 받아 달래준 의자"이었기도 했던 목재木材를 땔감삼아 얼기설기 기대어 피운 것이리라. 그런 모닥불을 바라보며 시인은 이러저러한 상념에 잠긴다. 먼저 얼기설기 기대어놓은 땔감을 바라보며 시인은 "아무도/ 혼자서는 불탈 수 없"음을 느낀다. 누구나 다 알 듯, 땔감을 서로 기대어놓지 않고 뉘어놓는다면 불길은 잘 피어오르지 않을 것이다. 즉, 기댈 것이 없는 상태인 "혼자"일 때의 목재에서는 불길이 제대로 피어오를 수 없다. 이를 통

129

해 시인이 말하고자 하는 바는 무엇일까. 아마도 인간이 삶의 불길을 피워 올리기 위해서는 저 모닥불의 땔감처럼 얼기설기 기대어 놓을 때 가능하다는 이치를 새삼 깨닫고 있는 것이리라. 인간은 사회적 동물이라는 아리스토텔레스의 말을 여기서 새삼스럽게 들먹일 필요는 없으리라. 다만 서로가 서로에게 기대어 삶의 불길을 피워 올리는 사람들의 모습을 상상하는 것으로 충분할 것이다.

시인의 시적 메시지는 이것으로 전부가 아니다. 시인의 상념은 땔감 자체의 이력에 모아지기도 한다. "비바람 속에 유기되고 발길에 채이다 온/ 못자국 투성이, 헌 몸일지라도" "불탈 수" 있다. 즉, 불은 땔감을 가리지 않는다. 여기서 시인은 "헌 몸"이라는 표현을 동원함으로써 모닥불의 땔감에서 인간의 모습을 읽도록 독자를 유도한다. 이에 따라 우리는 "비바람 속에 유기되고 발길에 채이다 온/ 못자국 투성이, 헌 몸"에서 온갖 배척과 수모를 견디면서 삶을 살아온 상처투성이의 인간을 떠올릴 수도 있다. 아마도 시인은 아무리 비참하고 신산한 삶을 살아온 사람들—그러니까 "생애의 짐승 울음"을 "목 아래 감금"하고 있을 수밖에 없는 사람들—이라 해도, "너울너울/ 서로 포개 안으면" 나름의 뜨겁고 열정적인 삶의 불길을 피워 올릴 수 있음을, "바닥을 다 바쳐 춤출 수 있"음을 말하고자 하는 것이리라. 시인의 시적 메시지는 여기서 끝나지 않는다. "주검이 뚜껑 내리친 결빙의 등판에서도" 모닥불은 타오를 수 있다 말함으로써, 삶의 불길은 인간을 가리지 않을 뿐만 아니라 장소도 가리지 않음을 암시한다.

　따지고 보면, "서로 포개고 안으면" 누구에게나 또한 어디서나 "바닥을 다 바쳐" 추는 "춤"과도 같은 열정적인 삶의 불길이 가능하다는 메시지에는 새로울 것이 없을지도 모른다. 하지만, 수사적修辭的으로 말하자면, 이 같은 메시지를 "모닥불"에 담아 전함으로써 시인은 진부할 수도 있는 메시지를 더할 수 없이 뜨겁고 새롭게 타오르는 불꽃으로 만들고 있다. 시인의 사명은, 또한 시인의 시인다움은 단순히 새로운 깨달음의 세계로 독자를 이끄는 데만 있는 것이 아니다. 이 시가 보여주듯, 진부해지거나 굳어진 인간의 의식을 예상치 않은 새로운 불꽃으로 다시 타오르게 하는 데 있기도 하다. 안영희 시인의 「모닥불」이 값진 작품이라는 우리의 판단은 이에 근거한 것이다.

　제4부는 제3부의 연장선상에 놓이는 작품들로 이루어져 있다고 할 수 있거니와, 궁극의 자기 성찰을 향한 떠도는 시인의 상념은 이제 더욱 선명하게 그 윤곽을 드러낸다. 우리가 이렇게 말함은 제4부에 이르러 삶과 죽음의 의미에 대한 깊은 사색이 특히 강하게 감지되기 때문이다. 따지고 보면, 시인이 시를 쓰는 이유가 무엇이겠는가. 그것은 바로 삶과 죽음이 갖는 의미에 대해 나름의 깊이 있는 해답을 얻기 위한 것이 아니겠는가. 시인마다 차이가 있다면, 아마도 무엇을 문제 삼고 무엇에서 해답을 얻는가라는 시각의 차이에 있을 것이다. 아울러, 사유의 깊이와 방향에 차이가 있을 것이다. 한 시인에게 연륜은 이런 면에서 중요한 의미를

지닐 수도 있거니와, 인간에게 동일한 시각과 동일한 대상 앞에서 삶과 죽음을 문제를 사유하더라도 연륜이 보장하는 사유의 깊이는 다를 수밖에 없다. 이처럼 연륜이 시인에게 허락한 사유의 깊이를 감지케 하는 소중한 작품들이 시집의 제4부에는 적지 않거니와, 우리는 「임종」, 「거리」, 「묵은 김치를 먹으며」, 「뒤늦은 독서」, 「붉은 가시나무」, 「돌아온 나무의 아침」 등의 작품을 각별히 주목해야 할 것이다. 이 가운데 특히 우리의 눈길을 끄는 작품은 「임종」이다.

> 부르르
> 큰 숨을 내뱉으며 그가 죽었다
> 가슴자리 체온 어쩐지 약해지는 듯도 했건만
> 뭐 설마, 바빠서 잊고 버려둔 사이
> 머리의 위쪽 아래쪽 차례차례
> 갑자기 치솟다가 타악!
> 방치된 채 신음했던 분노의 불칼인 듯
> 거칠게 떨어지는 숨소리
> 돌이킬 수 없는 사태 감지하고서야
> 나는 달려갔다 내장품들을 긁어내기 위하여
> 머리를 처박았다
> 이윽고 휑하게 빈껍데기 확인하고선
> 서둘러 전화를 걸었다 폐품 처리상에
> 우리와 함께, 오직 우리를 위해 살았던 스물다섯 살
> 금성 싱싱 냉장고

애비 증발한 시대의 비탈기 피 배이게 딛고

네 자식 키워낸

세상의 저 한 칸, 어머니 죽을 때

어머니 임종 다음에도 그랬다

—「임종」 전문

　이 시의 시적 소재가 되고 있는 것은 "우리와 함께, 오직 우리를 위해 살았던 스물다섯 살" 나이의 "금성 싱싱 냉장고"다. 일반적으로 냉장고의 평균 수명은 10년 정도로 알려져 있다. 그런데 냉장고의 나이가 "스물다섯 살"이라니! 놀랍지 않은가. 그처럼 장수하던 냉장고가 어느 날 갑자기 수명을 다한 것이다. 시인은 냉장고가 수명을 다할 때의 모습을 "부르르/ 큰 숨을 내뱉으며 그가 죽었다"로 묘사한다. 냉장고의 '죽음'에 관한 묘사가 여일하게 보여 주듯, 시인은 문제의 냉장고를 단순히 음식물을 보관하기 위한 가전 도구로 보지 않는다. 시인은 이를 "체온"과 "숨소리"를 간직한 생명체와 다름없는 것으로 본다(「군살 그릇」의 "흙그릇"이나 「입양」의 "꼬마 뒤주" 등도 의인화의 대상이 되고 있지만, 「임종」의 "냉장고"만큼이나 적극적인 의미에서의 의인화가 이루어지고 있지는 않다). 어찌 보면, "우리와 함께, 오직 우리를 위해 살았던"이라는 표현이 암시하듯, 시인이 보기에 '죽음'을 맞이한 냉장고는 곧 시인의 가정을 위해 자신을 헌신해 온 충직한 하인과도 같은 존재다. 그런 냉장고가 나이가 들고 병들어 임종을 예견케 하는 징후를 보였지만, 시인은

"뭐 설마" 하는 마음에 또는 "바빠서" "잊고 버려"둔다. 그런데 "방치된 채 신음했던" 냉장고가 "거칠게 떨어지는 숨소리"를 낸다. 이에 "돌이킬 수 없는 사태"를 "감지하고서" "달려"가지만, 그리고 "내장품들을 긁어내기 위하여/ 머리를 처박"지만, 이미 때는 늦었다. 냉장고는 생명을 잃은 것이다. 또는 냉장고의 영혼이 떠나간 것이다. 이제는 다만 "휑하게 빈껍데기"만 남은 상태다.

어느 날 작동을 멈춘 냉장고에서 생명체─그것도 체온의 변화를 보이다가 마침내 숨을 거두고 죽음에 이른 생명체─의 모습을 읽는 시인의 섬세한 감성과 이를 생생하게 시화詩化하는 시인의 언어 역량 모두가 예사롭지 않다. 하지만 생명 없는 가전 도구인 냉장고가 충직한 하인과도 같았음을 노래하는 선에서 이 시가 완결되었다면, 이는 대상에 대한 재치와 기지에 넘친 관찰과 표현의 작품으로 끝났을 것이다. 하지만 시인은 시의 마지막 부분에 어머니의 "임종"에 관한 단상을 덧붙임으로써 「임종」을 더할 수 없이 깊은 의미가 담긴 시로 만든다. 앞서 「세상의 식탁」에서 확인한 바 있듯, 시인의 어머니가 걸어왔던 삶의 여정은 고난과 인고의 연속이었다. 남편을 잃고 "네 자식"을 키워내는 신산한 삶의 여정을 걸어와야 했던 그런 어머니의 모습을 이 시에서 시인은 "비탈기"(시인의 설명에 따르면, '비탈'의 방언)를 "피 배이게 딛고" 걸음을 옮겼던 것으로 묘사하고 있다. 추측건대, "휑하게 빈껍데기"만 남은 냉장고의 모습을 보는 순간, 시인은 문득 일생을 오직 자식을 위해 살던 어머니께서 숨을 거두었을 때의 모습을 떠올리고 있는 것이리라.

이처럼 냉장고의 "임종"에 어머니의 "임종"을 병치해놓음으로써, 시인은 더할 수 없이 절절하고도 아픈 자신의 마음을 이 시에 담는다. 물론 냉장고와 어머니 사이의 병치에서 어머니에 대한 불경不敬을 읽는 독자도 있을 수 있다. 어찌 감히 어머니와 냉장고를 동격의 비유 대상으로 놓을 수 있겠는가. 하지만 이 같은 비유가 아니라면 과연 어떤 방법으로 시인의 뒤늦은 깨달음—즉, 어머니께서 말로 형언하기 어려울 정도의 극단적인 자기희생의 삶을 사셨다는 사실에 대한 시인의 깨달음—을 효과적으로 생생하게 표현할 수 있겠는가. 아니, 자신을 철저하게 희생하는 삶을 사셨던 어머니에 대한 죄스러운 마음과 회한을 표현하는 데 어찌 이 시에서 시인이 동원한 것보다 더 적절한 비유가 있을 수 있겠는가. 비유의 대상이 비유의 대상으로 가당치 않을 때 그만큼 시인의 시적 메시지는 강렬한 것이 되지 않을 수 없다. 아울러, 시인의 깨달음과 뉘우침의 강도는 그만큼 더 깊은 것이 되지 않을 수 없다. 어쩌면 어머니께서 살아 계실 때 자식은 모를 수도 있다. 깨달음이란 항상 뒤늦게 찾아오는 법이 아닌가. 냉장고의 '임종'을 보고서야 겨우 어머니의 삶과 죽음의 의미를 깨닫고 이로 인해 아파하고 뉘우치는 것이 자식인 법이다. 가당치 않을 수도 있는 비유를 동원하여 깨달음과 뉘우침의 마음을 생생하게 드러내는 동시에 감추고 있는 작품이기에, 「임종」은 더할 수 없이 깊은 의미로 충만한 시가 되고 있는 것이다.

「임종」에서 우리는 지극히 사소한 일상의 한 도구의 "죽음"이 계기가 되어 사랑하는 사람의 삶과 죽음의 의미에 대한 뒤늦은 깨달음에 이르고 있음을 확인할 수 있거니와, 어찌 이 같은 뒤늦은 깨달음에 이어지는 아픔과 슬픔과 회한의 마음이 시인만의 것일 수 있겠는가. 적어도 어머니를 떠나보낸 사람이라면 누구라도 느낄 법한 마음의 충격이 아니겠는가. 정도의 차이는 있을지언정 이 세상의 모든 어머니는 "오직 우리를 위해" 살다가 모든 것을 비운 채 "세상의 저 한 칸"으로 남게 되더라도 이에 대해 전혀 개의치 않았던 분들이고, 이런 사정은 앞으로도 바뀌지 않을 것이다. 시인 안영희는 한 편의 단출한 시 「임종」을 통해 이 같은 깨달음으로, 평범하지만 쉽게 이르기 어려운 소중한 깨달음으로 우리들 모든 독자를 인도한다. 그런 의미에서 「임종」은 시인을 포함한 세상의 모든 이가, 어머니의 자식들인 세상의 모든 이가 함께 읽고 공감해야 할 작품이 아닐 수 없다.

수명을 다한 냉장고가 계기가 되어 어머니의 임종을 새삼 떠올리고 뒤늦은 깨달음에 이르는 시인의 아픈 마음이 생생하게 읽히는 작품만큼이나 우리의 눈길을 끄는 작품은 「뒤늦은 독서」다. 「임종」에서 우리 모두에게 어머니의 자기희생을 일깨우는 시인과 만날 수 있다면, 시인이 의도했든 의도하지 않았든 「뒤늦은 독서」에서는 자식을 키우는 어머니를 향해 던지는 조언을 감지할 수 있다는 점에서 그러하다. 우선 이 작품을 함께 읽기로 하자.

애호박, 고향집 토방의 누렁이로
누운 천둥호박 보고 싶어

모종들 사다가 묻고
지줏대에 망도 촘촘 엮어주었건만
덩굴만 정신없이 무성할 뿐
열매 거의 달리지 않는 까닭을
농업 기술 센터에서 받아온 책 펼쳐서 찾네

(어미덩굴의 4~5마디에서 나오는 아들덩굴 2~3개만 기르고
나머지 곁가지들은 모조리 제거해야 한다)

줄기가 줄기를 휘감듯 길이 길의 목을 조여
하나도 온전하게 살지 못한다는 것,
개운히 쳐낸 밑동가리 거칠 것 없이 뻗어간 덩굴로
탐스럽게 열매 생산해내지 못한

얼마나 무지한 불량농부였었는지
다 늦은 뒤에사 읽고 있네 내 인생傳

—「뒤늦은 독서」 전문

시인은 어느 날 "애호박, 고향집 토방의 누렁이로/ 누운
천둥호박 보고 싶어// 모종을 사다가 묻고/ 지줏대에 망도
촘촘 엮어"준다. 그런데 이 어찌된 일인가. "덩굴만 정신

없이 무성할 뿐/ 열매 거의 달리지 않"으니 말이다. 시인은 그 "까닭을/ 농업기술센터에서 받아온 책 펼쳐서 찾"아 읽는다. "책"의 설명에 의하면, "어미덩굴의 4~5마디에서 나오는 아들덩굴 2~3개만 기르고 나머지 곁가지들은 모조리 제거해야 한다." 요컨대, 곁가지들을 잘라내지 않았기에 지극한 정성을 들였음에도 불구하고 열매가 맺지 않았던 것이다. 이 같은 일상의 체험은 이어지는 시행에서 보듯 시인을 자신의 삶에 대한 성찰로 이끈다.

사실 이 시의 제4연과 제5연의 제1행에 담긴 시적 진술은 문자 그대로 시인이 "보고 싶어" 가꾸던 채소인 애호박 자체에 관한 것일 수 있다. 하지만 이는 또한 포괄적인 의미에서의 삶의 과정 자체에 관한 시적 진술일 수도 있거니와, 이를 감지케 하는 것이 다름 아닌 "다 늦은 뒤에사 읽고 있네 내 인생傳"이라는 구절이다. 애호박 농사를 망치고서야 뒤늦게 "농업 기술 센터에서 받아온 책"을 펼쳐 읽듯, 시인은 이를 계기로 "다 늦은 뒤에사" 자신의 "인생傳"을 읽게 되었다 할 수 있다. 요컨대, 이 시의 종결 부분에 해당하기도 하는 "다 늦은 뒤에사 읽고 있네 내 인생傳"이라는 구절이 「뒤늦은 독서」를 체험에 바탕을 둔 자기 성찰의 시로 만들고 있는 것이다.

시인의 암시대로 어찌 보면 우리네 인간의 삶은 '덩굴'을 뻗어 올리고 '열매'를 맺는 "애호박"에 비유될 수도 있다. 물론 이때의 '덩굴'과 '열매'가 의미하는 바는 사람마다 다를 수 있다. 어떤 이에게 이는 경제적인 것일 수도 있고 사회적이거나 정치적인 것일 수도 있으며, 또 어떤 이에게 이는 종교적이거나 철학적인 것일 수도 있으리라. 또는 그 외에 어떤 것일 수도 있다. 이처럼 사람마다 다른 의미를 갖는 것이 덩굴과 열매일 수 있다면, 과연 시인에게는 무엇이 덩굴과 열매에 해당하는 것일까. 무엇보다 시인에게 덩굴과 열매에 해당하는 것은 다름 아닌 예술적인 것 또는 '시'일 수 있다. 이런 맥락에서 볼 때, "줄기가 줄기를 휘감듯 길이 길의 목을 조여/ 하나도 온전하게 살지 못한다는 것"에 대한 시인의 깨달음은 곧 자신의 시 세계를 향한 것일 수도 있다. 아울러, "개운히 쳐낸 밑동가리 거칠 것 없이 뻗어간 덩굴로/ 탐스럽게 열매 생산해"내야 했는데 그러지 "못한" 것에 대한 시인의 뉘우침 역시 자신의 시 세계를 향한 것일 수 있다. 시인은 이러한 깨달음과 뉘우침에 이어 자신이 "무지한 불량농부"였음을 고백한다.

하지만 우리는 앞서 읽은 「임종」과 유사한 맥락—즉, 어머니와 자식의 관계라는 맥락—에서 「뒤늦은 독서」를 다시 읽을 수도 있다. 그렇게 하는 경우, 덩굴과 열매는 곧 자식의 양육을 지시하는 것일 수도 있다. 이른바 '자식 농사'라는 말이 있듯, 사람들은 자식을 낳아 키우는 일을 종종 '농사'에 빗대기도 한다. 자식을 낳아 키울 때 무한한 사랑의 마음만큼이나 필요하고 중요한 것이 엄격한 훈육이라고 하지 않는가. 바로 이런 관점에서 보면, "모종들 사다가 묻고/ 지줏대에 망도 촘촘 엮어주"는 일은 자식에 대해 어머니가 쏟는 사랑을 암시하는 것일 수 있고, 몇 개의 가지만 남겨놓은 채

139

"나머지 곁가지들은 모조리 제거해야 한다"는 조언은 곧 엄격한 훈육을 지시하는 것일 수도 있다. 하기야 이 같은 '자식 농사'의 원칙을 모르는 이가 어디 있겠는가. 하지만 원칙을 의식했을 때 이미 때가 늦었음을 뒤늦게 깨닫는 이들이 이 세상에 어디 하나둘인가.

　자신의 시 세계에 해당하는 것이든, 또는 자식 양육에 해당하는 것이든, 뒤늦은 깨달음을 담은 안영희 시인의 이 같은 고백은 당연히 가당치 않은 것이다. 우리가 이제까지 검토한 안영희 시인의 작품들이 증명하듯, 그리고 귀띔을 통해 들은 시인의 자녀에 관한 이야기가 확신케 하듯, 과거의 안영희 시인은 결코 "불량농부"가 아니었고 현재의 안영희 시인 역시 "불량농부"가 아니다. 만일 시인의 시 세계와 올곧게 자란 시인의 자녀들을 '애호박'의 '덩굴'과 '열매'에 비유할 수 있다면, 양쪽 모두 여일하게 덩굴을 쳐낸 뒤 "거칠 것 없이 뻗어간 덩굴"이고, 또한 "고향집 토방의 누렁이로/ 누운 천둥호박"과 같은 "열매"다. 그럼에도 불구하고, 시인은 자신을 "무지한 불량농부"라고 규정한다. 이는 물론 시인의 겸손한 마음에서 우러나온 자기 성찰의 말일 것이다. 자기 성찰이 아름다운 이유는 인간이 지닌 이 같은 겸손한 마음을 확인할 수 있는 계기를 우리에게 마련해 주기 때문만이 아니라, 자기 성찰이 계기가 되어 스스로 더욱 겸손해질 수 있기 때문이다. 그리고 그러한 겸손한 마음이 모든 이를 향해 '감화'의 덩굴을 뻗을 수 있기 때문이다.

4. 결結, 또는 앞으로 시인의 펼칠 시 세계를 위하여

　이제 짧지 않은 우리의 작품론을 마감할 때가 되었다.
마감의 자리에서 우리가 주목하고자 하는 것은 안영희 시
인의 이번 시집 『어쩌자고 제비꽃』에 표제를 제공한 작품
「어쩌자고 제비꽃」에서 "어쩌자고 제비꽃"이 의미하는 바
다. 사실 「어쩌자고 제비꽃」에 등장하는 "제비꽃"에 대한
이해는 이제까지 우리가 안영희 시인의 작품을 읽었던 것
과는 다른 각도에서 접근할 것이 요구된다. 이 시는 "어쩌
자고 제비꽃"이라는 제목으로 시작하여 "어쩌자고 제비꽃
저 한 포기"로 끝나지만, 이 시에서 "제비꽃"은 비유법상
의 용어로 말하자면 원관념이 아니라 보조관념이기 때문이
다. 이 무슨 말인가. 이에 대한 답에 앞서 먼저 이 시를 함
께 읽기로 하자.

　　비바람 치는
　　함덕 바닷가 덮쳐오는 시퍼런 파도에
　　잇대어 있었네
　　현무암 낮은 돌담으로 방풍을 친
　　무덤들 틈새에 있었네
　　내 곱은 손에 뜨거운 카푸치노 한 잔을 건네준
　　까페 올레는
　　사람이 그리운 어린 딸과 흰 털 강아지
　　레이스 앞치마의 아낙

머리채 나꿔채고 옷깃을 파 헤집는

광란의 바람 속 간신히 균형을 유지하며

죽은 자들의 마을 고샅 겨우겨우

차를 돌려 나왔네

어느 날 길길이 뒤집힌 저 바다가 난파시킨

애처롭고 위태했던 생애들은, 사지 접힌

저 사람들은 누구누구들이었나

늦은 겨울 비바람 포효하는 함덕 바닷가

검은 유택들 비집고

어쩌자고 제비꽃 저 한 포기

—「어쩌자고 제비꽃」 전문

시인은 이 시의 제3행과 제5행에서 "있었네"를 되풀이한
다. 무엇이 있었다는 말인가. 아마도 손쉬운 답이 "제비꽃
저 한 포기"가 될 것이다. 하지만 이렇게 읽는 경우 제7행의
"까페 올레는"이라는 구절을 어떻게 이해해야 할까가 문제
된다. 왜냐하면, 문장의 주절主節에 해당하는 이 시행은 이
어지는 시행들과 자연스럽게 연결이 되지 않기 때문이다.
아니, 제7행의 "까페 올레"는 제8~9행의 "사람이 그리운 어
린 딸과 흰 털 강아지/ 레이스 앞치마의 아낙"과 함께 "있었
네"의 주어로 보는 것이 자연스럽다. 즉, 제1행에서 제9행
까지 하나의 문장으로 보아, '카페 올레는, 그리고 아낙의
어린 딸과 아낙과 흰 털 강아지는, 시퍼런 파도에 잇대어 무
덤들 틈새에 었었네'로 읽는 것이 자연스러운 독법이 될 것

142

이다. 그렇다면, "제비꽃"이 문맥에서 위치할 곳은 어디인가. 그곳 바닷가에 '어쩌자고 제비꽃도 있었네'로 읽어야 할까. 그렇게 읽는 경우, 이 시는 초점이 불분명한 산만한 작품으로 읽힐 수 있다. 여기서 우리는 "카페 올레" 또는 "어린 딸과 흰 털 강아지" 또는 "아낙"에 대한 비유적 표현을 위해 동원된 시적 표현이 "제비꽃"이라는 추론에 이를 수 있다. 즉, "제비꽃"은 "비바람 치는/ 함덕 바닷가"에서 시인이 그 존재를 확인하고 시선을 준 관찰 대상이라기보다는 그곳 바닷가에 있는 "까페 올레"와 그곳을 지키는 아이와 강아지와 아낙을 묘사하는 데 동원된 비유적 표현으로 이해할 수 있다. "제비꽃"은 원관념이라기보다 보조관념이라는 우리의 판단은 이 같은 시 읽기에 따른 것이다.

요컨대, 시인이 제주도 함덕의 바닷가에서 우연히 들른 찻집을, 그리고 그 찻집을 지키고 있는 사람들과 강아지를, "제비꽃"에 비유하고 있다고 할 수 있다. 이른 봄에 피는 제비꽃은 깊은 산속 또는 마을 길가나 공터 또는 도심 공원의 양지바른 곳 어디서나 발견되는 '작고 예쁜' 꽃이다(꽃 가운데 예쁘지 않은 꽃이 어디 있겠는가. 하지만 화려하거나 주변을 압도하지 않는다는 점에서 '작고 예쁜'이라는 표현은 제비꽃에 잘 어울리는 표현이라 하지 않을 수 없다). 어찌 보면, "까페 올레"나 그곳의 "어린 딸과 흰 털 강아지"와 "아낙"의 모습에서 시인이 본 것이 바로 이 '작고 예쁜' 제비꽃의 이미지였으리라. 그리고 "어쩌자고"라는 표현을 동원한 것은 있을 법하지 않은 곳—말하자면, "덮쳐오는 시퍼런 파도"와 잇닿은 곳에 자리한 "무덤들"의 틈새"—에 있는 까페와 까페를 지키는 아낙과 아낙의 아이와 강아지에 대한 놀라움과 경탄의 표현을 담기 위한 것이리라. "늦은 겨울 비바람 포효하는 함덕 바닷가"에, 그곳도 "어느 날 길길이 뒤집힌 저 바다가 난파시킨 애처롭고 위태했던 생애들"이, "사지 접힌/ 저 사람들"이 잠들어 있는 "검은 유택들" 사이에 "어쩌자고" 카페와 카페의 아낙과 아낙의 아이와 강아지가 자리하고 있단 말인가! 경탄의 마음과 놀라움이 "어쩌자고 제비꽃" 또는 "어쩌자고 제비꽃 저 한 포기"라는 탄성을 시인의 입가에 감돌게 했던 것이리라.

시인이 시적 진술의 차원을 넘어서 시의 제목으로 동원하고 나아가 시집의 표제로 동원한 "어쩌자고 제비꽃"이라는 '작고 예쁜' 표현에 우리가 각별히 주목함은 단순히 이 표현이 세상의 작고 사소하지만 예쁘고 소중한 그 모든 것들을 향한 시인의 느낌을 있는 그대로 생생하게 드러내기 때문만이 아니다. "세월은 변하고 우리도 세월 속에서 변한다"는 말이 우리를 일깨우듯, 오랜 세월의 흐름과 이에 다른 연륜의 깊이를 감지하지 않을 수 없게 하는 것이 안영희 시인의 시 세계이지만, 그럼에도 불구하고 변하지 않는 것이 있음을 새삼 확인할 수 있기 때문이다. 그것은 바로 '작고 예쁜' 것들을 놓치지 않는 예민하고 밝은 시선과 그런 대상들 앞에서 "어쩌자고 제비꽃"과 같은 탄성을 입가에 머금도록 시인을 이끄는 다감하고 섬세한 마음이다. 그와 같은 시선과 마음이 앞으로도 여일하기를!